老いてこそ生き甲斐

石原慎太郎

幻冬舎

老いてこそ生き甲斐

老いてこそ生き甲斐　目次

第一章　「老い」の定義

今から十八年前といえば私がまだ六十代の終わりの頃、何に駆《か》られてか『老いてこそ人生』などという本を書きました。かなり多くの人たちから共感の言葉を頂きましたが、七十にもならぬ男がたとえ物書きだとしても老いを含めて人生を語るというのは身の程を知らぬ僭越《せんえつ》としかいいようがありません。

つい最近私は八十七の誕生日を迎えましたが、この齢《とし》になると老いなるものの神髄が身にしみて分かります。それには訳があって今から七年前、私は思いがけぬ病に襲われ、なんとか死線を越えることが出来ました。

当時家内が転んで腰の骨を折り治療で長い間入院していて、私の身にもいろいろストレスが溜《た》まり鬱々として毎日を過ごしていました。そんなある日、次男がやってきて私を眺め、あまり家に閉じこもらずに今日は寒いけれど厚着して散歩ぐらいしたらどうだ、と言われて思い立ち出かけました。

家を出る前にいつも散歩に履く靴のひもが何故か蝶々《ちょうちょう》結びに上手《うま》く結べずに出かけましたが、いかにも寒い日で途中で引き返すつもりで屋敷町の路地をはしょって近道のつもりで歩き出したがどうにも家への道の見当がつかない。迷って立ち止まってしまっていたら、顔見知りの人がやってきて「どうかしましたか」と声をかけてくれたが、家に帰る道を質《ただ》すのは気恥ずかしくやりすごし、気を落ち着かせて辺りを見回していたら遠く走るバスの姿が見えた。

あれは多分横浜方面に向かうバスだろう、とするとあの道は中原街道だろうから、家の脇を走る環八はあれから直角に曲がる道だろうと、ナビゲイションした揚げ句になんとか家にたどり着きました。そして家に上がる前、脱いだ靴のひもを念のためにもう一度結び直してみたら、今度も蝶々結びが上手くいかない。

これはどうにもおかしな現象で、なんとはなく不安を感じ、主治医の都立広尾病院の佐々木勝院長（当時）に電話してみたら、それは極めて危険な兆候だからすぐに病院に来るようにと言われ、タクシーを呼んで駆けつけましたが、その場でCTとMRIにかけられ、脳梗塞と診断され即入院させられました。

あれで散歩の後、ひと晩家で様子を見ようと家にとどまっていたら長嶋茂雄君のように重症になってしまっていたでしょう。

早期発見で済んだ私の場合は利き腕の左手の麻痺《まひ》で済み、言葉も明晰《めいせき》に話せ、すぐに歩けましたが、梗塞の場所が右側の「海馬」という記憶の倉庫の間近だったせいで漢字を含めて仮名文字までを忘れてしまい、往生しました。幸い現代文明の所産のワープロがあったお陰で入院中にも小説を書くことが出来たし、その時書いた、むかし伊豆諸島の中の鵜渡根《うどね》島《じま》で潜っていて船からはぐれ、そのまま何と遠くの千葉県の銚子の沖まで流され奇跡的に助かった男の話を、『隔絶』という題名で発表した短編は内容が内容だけに評判にもなりました。

ひと月近くに及んだ生まれて初めての入院体験は物書きとしての私には得難い経験でした。主治医の佐々木院長が首都圏一の救急病院に仕立てた都立広尾病院は遠くは小笠原までをカバーする施設で、重症の患者がひっきりなしに運び込まれるところで患者の生死を懸けた手術がほとんど毎日行われ、物見高い患者の私としては人間の運命に関する実に興味ある事柄を多く見聞することが出来ました。

私が入院した翌日にも、外科の関係者全体を興奮させた懸命な手術の成功が噂《うわさ》になって広がっていたものだ。

それは仕事の引け時の地下鉄のラッシュに巻き込まれ、押されてホームから線路に落ちてしまった若いＯＬが這《は》い上がろうとしていた時、入って来た電車に足を挟まれ重傷を負った。それを報《しら》されて駆けつけた父親は動転し、婚約し結婚寸前の娘の片足をなんとか救ってくれと懇願した。

それらを聞いて医師たちの必死の作業が始まった。第一の問題は足の神経が切断されていないかどうかで、それは神経を包む鞘《さや》が破れていないかどうかで、鞘さえ破れていなければなんとかなるという。幸い彼女の足の神経の鞘は無事で手術は成功、切断は免れ、父親は号泣し土下座して感謝し引き取ったそうな。

もう一つ印象的だったことは風邪をこじらせて入院させられた、ある裕福な家庭の一人娘が肺に水腫を起こし、当座救急の措置としてPCPSという機械にかけられたが、これは機械の作用で上半身の血流は促されるがそれはあくまで半身のことで、下半身の血流は止まったままでやがて下半身は腐りだすという。娘の一時的な小康状態に安心していた両親は、ある日腐り始め黒く色を変え水疱《すいほう》を浮かべた娘の足を見せつけられ、母親は卒倒してしまったそうな。それを見て父親は機械の操作の打ち切りを決心して娘の死の覚悟を決め、体が腐敗しかかった娘を引き取り、家での死を選んだという。

私の入った病室と同じ階にくも膜下出血で入院中の年配の女性がいました。彼女は毎夜痛みの発作が来る予感の度に高い悲鳴を上げて叫んでいたが、その声があまりに悲痛なので、私はベッドを抜け出し彼女を見舞ってやろうと部屋を出て彼女の姿を探す度にナースステイションのスタッフに見つかって引き戻されたものだった。

一度際どい死を免れた人間の驕《おご》りは一転して他人の生死の運命に勝手な興味を抱かせるもので、それは生ある者の驕りに他なるまいが、いずれにせよあの突然の病魔による挫折は私に多分、この私をも待ち受けているだろう「死」なるものに改めての強い関心を与えてくれたものでした。

私が熱読しているソルボンヌ大学の哲学の担当教授だったウラジミール・ジャン

ケレヴィッチの名著『死』は、あらゆる角度から人間の死についての分析をしていますが、彼の言う人間にとって最後の「未知」、最後の「未来」である死についてこの齢になるとつくづくの興味で考えざるを得ません。その思考は人生の成熟がもたらす最後の趣味を超えた楽しみかもしれない。

「死」についていろいろ考える時、私はかつて畏敬していた賀屋《かや》興宣《おきのり》さんのことを思い出す。政治家だった頃、私が畏敬していたのは彼一人でした。この人ほど怜悧《れいり》に物事を判断した人は他にいなかったと思います。相手の言うことに少しでも矛盾があったら、すかさずそこを衝《つ》いて問い質したために、右からも左からも敬遠され嫌わ

ウラジミール・ジャンケレヴィッチ（一九〇三〜一九五八）●フランスの哲学者。道徳論、形而上学、死生観、音楽論等、幅広い人間的事象の数々に独自の思考を展開。サルトルを中心とするフランス現代思想の流れとは一線を画しつつ世界に影響を与えた。

れていた人だった。

東条内閣で大蔵大臣を務めたために戦犯にされ、戦後十五年近くも巣鴨の刑務所に入れられていたが、その間も後輩の官僚たちが財政の立て直しのための助言を仰ぎつづけていた。

大蔵官僚たちが先輩の指導を仰ぐべく特定の人のための会を作っていたのは彼一人でした。

私は何故か彼に気に入られ、選挙区の跡を継ぐように持ちかけられたほどだった。二人の会話でも、彼は私の言い分に少しでも矛盾があるとそこを衝いて問い質してきたものだった。

彼が引退した後しばらくして彼の秘書がある日やって

賀屋興宣（一八八九〜一九七七）●昭和前半期に蔵相、法相等を歴任した大蔵官僚出身の政治家。終戦時にA級戦犯として終身刑となるが一九五八年赦免される。政界復帰後も自民党政調会長を務めるなど、タカ派の長老として重きをなした。

きて、「親父ももう老齢で間もないと思いますが、時折あなたのことを口にするので、暇な折に一度見舞ってやってくれませんか」と言われて、ある日家を訪ね、サンルームで寛《くつろ》いでいる賀屋さんと歓談したものでした。

その時、「先生はこの頃どんなことを考えておられますか」と質したら、

「それはやはり死ぬことですな」

と言われ、「なるほど、それならそれについてどう考えられますか」とさらに質したら、言下に、

「やはり死ぬのはつまらぬことですな」

と答えたものだった。「何故つまらないんですか」、質した私に、

「死ぬとね、一人で暗い道をトボトボ歩いていくのですな。その内私のことを悔やんだり悲しんでくれていた身内の者たちも次第に私のことなど忘れてしまってね。そしてトボトボ歩いていく私自身も自分のことを忘れてしまうんですな。だから死

ぬというのはつまらぬことです。ですから私はあまり死にたくないですよ」

私はある感動でそれを聞いたと思います。彼のような無類な意識家が死による意識の超絶を「つまらぬ」という括《くく》り方で受け止めようとしている姿勢に、死という事態を突き放そうとしている強《したた》かさを感じさせられたものでした。

死のイメイジに関してはよく三途《さんず》の川が出てくるが、人間の死に際の研究で有名なキューブラー＝ロスの報告にもあるように、死と生の境目なるものは確かにあるようです。

エリザベス・キューブラー＝ロス（一九二六〜二〇〇四）
●アメリカの精神科医。「死」や「死後の世界」を臨床医学的に深く探求したことでも知られる。その業績は現代医学に不可欠な緩和ケア、ホスピスの普及運動等にも大きな影響を与えた。

私は死に損なった二人の男からそう聞かされたが、一人は私の弟で彼が解離性の動脈瘤《どうみゃくりゅう》で大手術を受けた折、夢うつつの中どこかの河原でのモブシーンのロケーションをしている時、動員している大勢のしだしの連中がどうにもうまく動かず苛々《いらいら》して河原をジープで走り回っていたら、河原の向こうに潜んでいる連中が何故か頭に白い三角の布を着けているのに気づいたそうな。

それは昔から言う亡者の印で、「あいつらをどやしにジープであの川を渡っていたら、俺は死んでいたな」と彼は言っていましたが、青嵐会の仲間だった玉置《たまき》和郎《かずお》議員も大病の際、夢の中で死んだ兄から「もうこっちへ来いよ」と誘われたという。

かく言う私は未《いま》だに迫ってきている自分の「死」なるものに対して確たるイメイジも、それへの覚悟も持ち得てはいません。

ただ何と言おう、自分を囲んでいる世界の諸々に対する感性があの病の後、老いとともに以前よりはるかに鋭敏になったのに気づくことが多いのです。

退院して家のベッドで久しぶりに横になって窓越しに外を眺めた時に、窓際のありきたりな立ち木が陽《ひ》に映えて枝葉のそれぞれがひとつひとつ鮮明に見え、改めて目を凝らしてしみじみ見入ったものでした。

あれは末期の感覚と言おうか、迫っている死のもたらす感覚の成熟ということでしょうか。あれは高齢のもたらす一種の成熟と言えるのかもしれません。

死線を越えた病がもたらしてくれた功徳は、その存在がごく当たり前に見えていた物事を以前にも増して新鮮なものに感じさせ、愛着さえ覚えさせられることです。

それは病の体験の有無には関わりなく、極めて高齢者に共通してあり得る心象ではなかろうか。それはその高齢からしてもはや迫っている死への漠たる意識の反応に違いない。ごく若い人間たちは己の死について考えることも、まして予感したりすることも在りはしまいから、自分を取り囲む環境のそれぞれに新鮮さを感じたりはしまいが、年寄りにとっては年齢の高まりに応じて自分を取り囲む世界は以前よりも新鮮なものになってくるのです。それは若者たちに比べての老人の特権ともいえるでしょう。

特に小さな物の生命に対する思いやりというよりも、むしろ共感に近い関心からくるそれへの配慮です。脳梗塞から蘇《よみがえ》ってから私はどこからか迷い込み廊下を這っている極々小さな虫を、履いているスリッパで踏みつぶすことは全くなくなりました。

それは慈悲とか殺すことの哀れさとかではなしに、妙に歴然とした互いにこの世で生きているもの同士の強い共感のせいです。

私の家の朝使う洗面場には家を建ててからすぐに小さな蜘蛛《くも》が住みついています。時折姿を現し、置かれている洗面道具の間を動き回ったりしていて、ある時、水道栓の下の白い壺《つぼ》の中にいたのをうっかり水ごと流してしまったが、翌朝見たら蛇口の下の穴から這い上がってきたのか、昨日と同じ姿で元気に動き回っていました。

それがなんとも健気に見えて、以来洗面の度に彼の姿を目で探していますが、ある年に極寒の冬が明け四季の節気の一つ、啓蟄《けいちつ》の日の朝、冬場に姿を見せなかった例の小蜘蛛がどこからか出てきて白い洗面台の上を這っているのを見て、妙に嬉《うれ》しく一句ひねりました。「啓蟄や　年を越したる　小蜘蛛に会い」と。その蜘蛛は今でもそれきり大きくもならず元の姿のままでいます。

しかしその蜘蛛を毎朝眺める私の心象は以前とはかなり違います。それは病後の育んだセンチメントとは違う、ささやかだが強い共感のような気分で私をとても嬉しくしてくれます。それはその小さな蜘蛛が与えてくれる妙な生き甲斐《がい》みたいなものです。

それは私が今までの人生の中で味わったことのない小さな心の高ぶりです。それは老いがもたらしてくれた人間としての貴重な悟りのような気がしています。

老いについて考える時、まず老いとは何かという定義を構えないと人によって混乱が生じる恐れがあります。人は誰でも一旦生まれれば、その翌日から成長とともに老いていきます。その果てに齢を重ねることでいかなる段階に至ればそれを老いと定義するのかは人によって千差万別のことですが、大別して生殖期と呼ばれる時期の終わりと、その後に時間の経過とともに到来する更年期と、その後に起こる老化の体現によって老いとして認識されます。その現象は千差万別で多くの臨床家たちは、老化とは人が生殖機能を失った後に加齢とともに起こるさまざまな衰退現象として捉えています。

それが千差万別なだけに、老いてからの人生は悲劇喜劇を取りまぜ波乱に満ちたものになりやすい。それ故に人それぞれの自覚によって老いてからの生き様は変わってくるのです。誰しも老いは鬱陶しくも物悲しくもありますが、それを踏み越えていかに甲斐のある人生を全うするかが大切なことです。

老化にともない誰にでも現れる不可避な現象は病気ではなしに「生理的老化」と呼ばれる現象で、皮膚の皺《しわ》、染み、老眼、白内障、難聴、骨量減、動脈硬化、筋肉量の減少など枚挙に遑《いとま》がありません。

老化の別の定義としては老化は人間の誕生から始まる「加齢変化」で、生まれた時から時間の経過とともに刻々進むのが「正常老化」、三十歳を過ぎると「正常老化」に「病的老化」が加わり、「神経老化」による認知症などが併発してきます。

人間の体には身体の周りの環境に応じ、安定した状況を常に作り出す能力があるという。例えば電車に間に合いそうにない時急いで走るとか、雨が降りだしたら濡《ぬ》れるのが嫌で走り出すとか、恒常性維持機能という素晴らしい能力があります。しかしこうした機能が加齢によって低下していくのが「老化」ということです。それに備えることが老いを健全に生き抜くための知恵の出し所です。つまり転ばぬ先の杖《つえ》ということです。

世の男たちにとって銘記すべきことは五十を過ぎると生殖能力が消滅してしまう女に比べて、男のそれは高齢になっても機能的には消えることがないということです。これは老いてクヨクヨしている男たちにとっての福音で、だからどうしろということではないが、闇夜の松明《たいまつ》ともいえそうです。

物理学者のスティーブン・ホーキングは、後述するが以前、その予言でこの地球の運命はもう長くはないと言いましたが、とすれば我々人間の寿命もこれから先知れたものということになります。

その反面、文明技術の発展によって人間の健康が助長され寿命が延び、今では百歳時代とまでいわれています。それを支えている先端技術は健康をも左右するといわれた「ゲノム」(遺伝子)で、これの組み替えで人生を左右できるという事態になりました。加えて日本が生んだ天才医学者の山中伸弥教授がｉＰＳ細胞を発見して健康を助長し、人は百二十歳まで生きられるということにまでなりました。

となれば、ますます我々は老いてからの生き甲斐を開発しなくてはなりません。それは定型的に与えられるものではなくて、あくまで人間それぞれが自分自身で開発を試みることです。

人間の価値というものは、それぞれが他の人とは違うということです。そしてその違いは何によってもたらされるのかといえば、各々の備えた感性の違いによるもので、言い換えれば人による好き嫌いの違いということです。

食べ物の好き嫌いにしても人はさまざまなもので、その違いが健康を左右し人生を決めてもくる。

高齢社会で若者たちに見下され疎外されて不本意な老後を過ごす代わりに、年齢は違っても対等な人間として胸を張って生き抜くためにも自分の感性にしたがっての趣味を持ち通すことです。はたから見て下手だろうと、まずかろうと己の感性に則っての趣味を持ち通すことです。

感性さえ衰えなければ、その人は個性的に見え、一目置かれる老人としての存在感を保ち尊敬されるはずです。世にいう年寄りの知恵の源泉は老いても保たれて、その人の感性の閃《ひらめ》きに他なりません。

またこんな素晴らしい事例もあります。かつてコント55号で大活躍したあの欽ちゃんこと萩本欽一さんは七十三歳の時、正式に受験して駒澤大学に入学し仏教学部に入りました。仏教学部を選んだのは、日本に普遍している仏教について実はあまりよく知らないので知っておこうと思ったからだそうな。

萩本欽一（一九四一〜）●十代で浅草軽演劇に飛び込み芸歴スタート。一九六六年に坂上二郎と結成した「コント55号」が一世を風靡する。「欽ちゃんの全日本仮装大賞」等今も人気冠番組をもつ「東」のお笑い界の重鎮。

そして規格のとおり四年で卒業する必要もないと心得て、何年かかっても通学したらしい。さらには負けるのが嫌だから、よく理解していないことについての試験は敬遠して自信がついてから試験を受けた。そして大学での若い友達が沢山出来て、彼等を誘って喫茶店に行ったりして毎日とても楽しい思いをしたという。

これは老いてからこそ出来る見事な選択だったと思います。さほど裕福であるはずのない若者たちにお茶を奢《おご》ってやるだけで新しい刺激を受け、その楽しみはいろいろ新しく好きなことを生み、新しい楽しみ、新しい生き甲斐をもたらしてくれたに違いありません。

高齢化が進み老いが深まり、それに対処しての生き甲斐の模索はあくまで自分自身の決意と責任に他ならない。それは若い頃の迷いや悩みへの解決よりも残されている時間が少ないだけに、はるかに重く大切な決断を要するに違いないが、それを乗り切ることそのものが老いてこその人生の生き甲斐であり、味わいに違いありません。

現代の高齢社会は、その気になりさえすれば若い頃し残した、自分自身を活《い》かす試みを受け入れる機会をふんだんに設けているはずです。

要はそれを自分自身への責任として欽ちゃんのように選んでいってこそ、百二十歳というエベレストの頂上への登攀《とうはん》を成し遂げられるに違いありません。

お釈迦《しゃか》様《さま》は若いシッタルタという名の皇太子だった間、立派な宮殿の中で大切に育てられていた頃、ある日初めて宮殿を抜け出し町を見物していたら、老いさらばえ杖にすがってよろよろ歩いている醜い老人を目にして驚いて目を凝らして眺め、お供の者に、生まれて初めて見るものを「あれは何か」と質したら、従者があれは齢をとった人間ですと答えた。

彼はそこで年老いた人間の醜さについて知らされ、「何という不幸な者だろう」と呟《つぶや》き、人間という弱くて無知な存在について若者特有の自惚《うぬぼ》れに酔ってほとんど知らなかったことを悔いた。「若さにまかせての遊びや楽しみなんぞ何になろう。若さなんぞ死に向かう老いの道筋でしかないのだ」と慨嘆して限りある人生について悟り、死に向かう人間の老いの救いについて真剣に考えるようになったそうです。

生あるものは必ずそれを失い死ぬのは必定であって、それに近づく老いをどう受け止め、老いてどう生きるかは限りある人生の最後の問題です。

老いの先には必ず死が待ち受けています。そして死については誰も知らない。故に死は人間にとって最後の未知、最後の未来ということです。英語で未来をＦＵＴＵＲＥといい、日本語では未来、あるいは将来と訳しますが、未来と将来とは根本的に違います。

将来とは自分の意思が及ぶ先のことです。自分はやがて医者になりたい、学者になりたいとか、自分の意思の及ぶ先のことですが、未来は意思の及ばぬ先のことで、死は自殺は別にしても自分の意思の及ばぬ先の出来事でしかありません。故にも人は死を恐れるのですが、それは人生の必然であって、死が近づいてくる老いの最中でそれを恐れてもどうなるものでもありはしません。

しかし、誰しもが死を恐れはする。しからばその恐れを拭いさるためには、ということが問題なのです。

さらには老いてこその、新しい生き甲斐を自ら作り出していくしかありはしません。要するに死を己の意思の及ばぬ未来としてではなく、意思の及ぶ「将来」として見据えて進むしかありはしないのです。将来ならば強い意思さえあれば新しい生き甲斐が生まれてくるはずです。

要は不安な老いの中を生き抜くために必要なことは、老いを無視する強い意思以外にありはしません。そしてそれを示して証《あか》してみせた先人たちに事欠くことはありません。彼等は見事にそれを示して彼等の後に生きてきた私たちに人生の範を示してくれているではありませんか。

第二章　親しい人間の死

私はヨットのオーシャンレースの先駆けとして荒れる海で際どい思いを何度ともなくしてきましたが、多くの仲間が遭難して死んでしまったようなレースの後に何とか乗り切って生き残った自分の身を顧みながら味わった充足感とは質の違う、一人噛《か》みしめるような、ある意味ではとても孤独ともいえる気持ちの高ぶりを感じたことがあります。

人は多分それを老いのもたらす感傷というかもしれないが、それは密《ひそ》かな細やかな生き甲斐のときめきなのです。

ヨットマンならば誰しもが憧れる、ロサンゼルスからカタリナ島をかわしてホノルルまで四千キロの太平洋を渡る世界で一番華やかで甘美なレースに、一九六三年念願叶《かな》って日本から初めて参加した時のスタートの瞬間の写真、家にも飾ってあったこの写真に私は記していました。

「ついに、ついに僕たちはスタートした。これは夢ではなしに現実の甘美な瞬間の記録だ。幸せにも選ばれた者として僕らはこれから出かけていくのだ」と。

レースのスタートまでの半月に及ぶニューポートビーチでの準備の合宿の間も実に数知れぬ未知で甘美な経験の末、私たちは驚くほどヨット乗りとして成長し、国に帰ったなら仲間たちに伝えなくてはならぬ豊富で新しい知識を抱えて気負いたち、スタートの帆をあげたものでした。あれは明治のはじめの頃、先進外国を視察して日本の近代化のための抱負を胸にして戻った当時の元勲たちの気負いに似ていたろう。それは日本のヨット界のパイオニアとしての自負と気負いでした。

ロサンゼルスの空港に降り立った私たちを迎えた、全く見知らぬ現地の年配のヨットマンが僕らを祝福して言ってくれたものでした。

「カタリナ島を過ぎて南からの寒流を抜けると後は暖かい貿易風を拾ってスピンが花のように開き、一路ホノルルを目指して甘美な航海が続くのだよ」と。

そしてその予言のとおり、レースとはいえ素晴らしい航海が広がっていったものだった。

憧れの太平洋は未知なる素晴らしいものに満ち溢《あふ》れていました。

時折やってくるスコールが一面につくる虹の森、遠いアラスカの海での嵐がつくった大波がはるか赤道近くまで押し寄せ、貿易風のつくる波とぶつかり、突然船の間近で三角波をつくって砕け、コックピットでのんびりしている私たちを頭から濡らし、太平洋の巨《おお》きさを悟らせてくれたものです。

そして荒れるモロカイの海峡に、夜にかかる月の光に朧《おぼ》ろに輝く虹の橋、はるばるどこからやってきたのか四日間も船の近くを飛び、投げてやるクラッカーを器用に空中で受け止めていた軍艦鳥、そして怪しげに赤と緑に交互に光る見知らぬ星、あれは正しく太平洋ならではの出来事でした。

南下して早く貿易風を拾おうとした私たちの作戦は当たり、他に比べて長いデイランを記録した私たちのことを、現地のメディアは日本人は再びパールハーバーを攻めるつもりでいると囃《はや》し立てたそうだが、その後無風地帯に捕まり夢は破れ、現地ならではの贅沢《ぜいたく》なヨット食を満喫しながら、夜は即製マティーニを啜《すす》りながらの半月の航海は正しく夢の実現でした。あれは私たちパイオニアとして選ばれた者たちの輝かしい青春を象徴する海の旅だった。

あの夢の航海の序幕を写した写真を眺める度、あの輝かしい青春の一幕からあっという間に過ぎた時間の早さに驚かされます。つまりそれが人生というものの公理ということでしょうか。

この写真に収まっている者たちの中で、今この世にいるのは何と船尾のスタンションに腰掛け手を振っている私だけなのです。

私の前で手を振る早稲田のヨットマングループのトップだった清水栄太郎は私のNORC（日本外洋帆走協会）の会長時代に専務理事として活躍してくれたものだが、会議の途中、突然脳出血で倒れて死にました。その隣の福吉信夫はむかし獣医を務めていたせいで渾名《あだな》がジューイで通る追っ手の舵引き名人で無類の女たらしだったが、脳梗塞で倒れた後、リハビリを面倒くさがってさっさと死んでしまった。その陰で舵を引いているのは岡本のソンこと岡本豊、横浜のヨットメーカーの息子で、上りの舵引き名人。私は彼から激しい上りの風の下で波のうねりを利用しながら波をしゃくっての舵引きの極意を教わったものでした。その彼も噂では積年のアルコールのせいで、死にました。

その左でキャビンの屋根に腰掛けて手を振るのは、強かなレーサーだったムヤのオーナーだった気のいい市川源蔵。レースの最中、スピンのトラブルで激しく揺れる船の、高いマストのボースンチェアに腰掛けて必死の作業をこなしてくれ、「太平洋の真ん中でマストの頂上に吊《つ》るされ、遠い日没を眺めたのは俺くらいだろう」と豪語していたが、仲間では一番早く癌《がん》で死んでいきました。

そして船の中にいて姿は見えぬが、チームのマネージャー役だったアメリカ通の通称ドコドンの田中睦夫も癌で死にました。東急の総帥だった五島昇さんの側近で彼に可愛《かわい》がられていたドコドンを悼んで五島さんは、五島家の菩提寺《ぼだいじ》に彼の墓を設けてくれたものでした。

アメリカの医者を信用せず、日本の医者に本当のことを聞きたいと無理やり帰国していた彼を、私は福吉ジューイと一緒に見舞いに行ったものでしたが、その頃死期の迫っていた私の弟と一緒に死ぬのだと言い張る、やつれ果てた彼を眺めて、二人とも暗澹《あんたん》たる気持ちで引き上げたものだった。

その時、彼があのトランスパックレースを思い出し、「あれは夢だったなあ。しかし同じ夢を二度見ることはもうないからなあ」と呟いていたのが忘れられません。

そして夢から覚めてみれば、もう皆いなくなってしまった。まあ、それが人生というものでしょうが。

病を経たにせよ、病を抱えていないにせよ、年老いた者にとって同年輩の仲間の死はこたえます。著名であろうとなかろうと若い人の死はあんな若さでと、この世の条理の一つとして受け入れられますが、同年輩の知己の死は戦の中での至近弾のようにやはり明日は我が身かという緊張と恐れをもたらします。

しかしまたその逆に、いやそれでもこの俺はまだこうして生きてはいるという励みにはなります。それは他人の死を踏まえての非情さとはいえようが生きるということに執着するならば当然のことかもしれない。

いずれにせよ身近な親しい相手の死は老いた身にはこたえるものです。私の良き理解者であり激励者でもあった評論家の江藤淳は、私と同じ脳梗塞を患った後自殺してしまいましたが、彼の死の寸前まで交渉のあった私としては、後に彼と同じ病を体験した者として彼の死に様を思い出して、さまざま考えさせられるものがあります。

愛妻を癌で失った孤独に耐えかねて酒を飲むと泣きやすくなっていた彼は一時ホテル住まいをしていたが、やがてそれでも不自由をかこって鎌倉の元の住家に戻った。しかしそこでの一人暮らしもやはり不便で誰か良きお手伝いさんを探して私に相談してきたものでしたが、たまたま私の息子の家に応募してきていた素晴らしい人がいて、息子の家内に推輓《すいばん》されるまま紹介しました。

江藤もたちまち気に入って受け入れることになり、私あてに感謝の電話までかけてきたが、彼女が軽井沢の実家に身の周りの物を揃《そろ》えるために出向き、三日間、江藤邸を離れた後、戻ってきて見たものは、風呂の中で腕を切り自殺し果てていた彼だったそうな。

嵐のせいで戻らぬ、期待していた相手に孤独を加速させられ、絶望が募っての自殺だった。愛した者を失った後の孤独は何と恐ろしいものだろうか。

遺書には「脳梗塞を患った後の自分はもはや以前の江藤淳にあらず。諸君もって諒《りょう》とされよ」とあったものでした。

彼からずっと遅れて後年、彼と同じ病に侵され、私は病床で彼の結末を思い起こさずにいられませんでした。

脳の梗塞は脳の一部を侵すことで身体の一部の機能を失わせますが、自分はもう以前の自分ではないとあきらめて自ら死んでしまった彼は、いったい何を失ってしまったのだろうか。

そして私もまた極めて大切なものを失ったものだったが、なんとか立ち直りました。私の場合は、以前から言われていた右の頸動脈に詰まっていたコレステロールが何かの弾みに外れて頭の中に飛んで右の上頭部に梗塞を起こしたのですが、その近くに海馬という記憶の倉庫があったので梗塞のショックでしまわれていた大切な物の記憶が飛んでしまい、前にも述べたとおり我ながら驚くことに全ての字を忘れていました。難しい漢字どころか仮名文字までが記憶から飛んでしまい文字に関して頭の中は真っ白になっていた。

その病状への認識は何と言っていいのだろうか、全く何もない砂漠の真ん中に突然裸で立たされたような実感でした。加えてもともと左利きの私の左手がやや麻痺していて昔みたいに悪筆の字が書けない。左手の麻痺はその後のいろいろなトレイニングで治ってきて握力は昔と変わらなくなったが、字も得意だった絵も未だに上手くは書けません。しかし本業の小説は幸いワープロなる機械があるから執筆は可能で、現に入院中にも評判になった短編を物することが出来ました。

奥さんを失い、本気で頼りにしていたお手伝いさんがやってこずに、いよいよ孤独の中に閉じ込められたという強い絶望感が彼を死に向かって駆りたてたのだろうか。同じ病からなんとか立ち直り、田中角栄を主題にした小説でミリオンセラーまで物した私から思うと、過ぎた時間を逆にし、もしあの時私が彼の側《そば》にいたなら、あの男を死なせずに済んだような気がしてなりません。

要は病に負けるかどうかの話で、生きてまだ仕事をしようという強い意志さえあれば、ささやかでも生き甲斐への意欲が生まれるのではないかとつくづく思います。

老いも、老いてからの病も、誰にとっても辛《つら》いのは目の前に死を意識するからであって、どうせ人間は誰でも死ぬというこの世の原理を心得ていれば、老いには自然に馴染《なじ》めるはずです。とにかく人間にとっての最後の未知、最後の未来である死についてあまりくどくど考えないことです。理想の死に様について世俗によく「ピンピンコロリ」と言うが、誰が言い出したのかは知らぬが死に対して居直った強かな心理だと思います。

死なない人間がいる訳はないのだから、他人に比べての長寿をもたらしてくれた老いをかこつのは、若者から見れば贅沢であり驕りでもある。老いのもたらす肉体的な不自由さをかこつのは、老いに至らぬ者たちからすれば老人の驕りでもあります。

しかし、それにしても知己の相手の死が、それを知らされることで奇妙な高揚感をもたらしてくれるというのは何と皮肉で残酷な心の働きでしょうか。それは自分もまたいつかは必ず死ぬのだという人生の原理への認識の跳ね返りとでもいうべきでしょうか。

自分の老いを感じてかこつ時、誰しも身内の死を思い起こし、自らのことを思わぬ訳にはいきません。この私もこれを書き始めてからしきりにそれを思い起こします。

父は五十一歳で亡くなり母は八十二歳で、弟の裕次郎は五十二歳で、これはいかにも早過ぎた。彼に限らず世の中の人気者は何故みんなあんなに若くして死ぬのだろうか。美空ひばり五十二、中村錦之助六十四、私が嘱望し二人して新しい歌舞伎をつくろうと約束しあった、何を演じても素晴らしかった市川雷蔵は何とわずか三十七歳でした。天は彼等の人気の代償として、その命を奪うということなのでしょうか。

私のように言いたいことを言い散らしてきた男は、憎まれることでこの高齢を保証されているのでしょうか。天命なる言葉もあるが、人の人生を何が司《つかさど》っているのか知りたいものです。

彼等がもし長寿を得て老成していたなら、どんなに味わい深い演技を見せてくれていたものかとつくづく惜しまれますが。老いは特に芸能の世界では芸の深みとさらなる完成のために不可欠なものに違いない。

あの傑作映画『ハムレット』で世界中を感動させたローレンス・オリビエが、老いてもいろいろな作品の中の勘所で渋い演技で作品を締めて見せているのは彼なりの老いの効用といえるでしょう。

トラッシュムービーばかり撮らされていた裕次郎は独立プロを作り、『黒部の太陽』とか、サファリラリーを舞台にした『栄光への五〇〇〇キロ』とか、画期的な作品をも残していたのですから、老いを得ていたならさぞ

ローレンス・オリビエ（一九〇七～一九八九）●イギリスの舞台俳優、映画俳優、映画監督。舞台俳優として出発後、一九三〇年代からハリウッド映画進出。一九四八年『ハムレット』でアカデミー賞作品・主演男優賞。一九七〇年には一代貴族にも任じられる。

かし素晴らしい作品を日本の映画界のために残してくれていたものと悔やまれますが。

それにしても弟の死に様は無残なものでした。末期の肝臓癌の苦しみというのは想像を絶するもので、周りが自殺を恐れて癌の告知をしないまま半信半疑で一縷《いちる》の望みに縋《すが》りながらの苦しみ、それは彼に言わせれば片腕を切り落とされての痛みのほうが楽だと訴えるほどでした。

彼が度重なる厄介な病に囚《とら》われ続けたのは日頃ろくに運動をしなかったせいだと思います。せいぜい付き合いでたまにゴルフをするくらいで、後は酒ばかり飲んでいた。あの運動神経を駆使して何かのスポーツをしていた

石原裕次郎（一九三四～一九八七）●石原慎太郎原作の映画『太陽の季節』でデビュー。一九五〇～七〇年代の代表的なスター俳優となり、テレビ出演も多数。初期主演作『狂った果実』は仏・ヌーベルバーグにも大きな影響を与えた。

ら一流の選手になっていたろうに。

デビューしたての頃、映画の野球大会が駒沢球場であり、軟式のボールなのに彼一人が奥のスタンドまで届くホームランを打ったりしていました。それどころでなく、中学生の頃、まだ道路が未整備だったが、帰り道にアスファルトの道に来ると喜んで学生服のまま革靴で走っていって倒立転回をしてみせたものだった。

あんな危険なことは今時のプロの体操選手でも出来はしない。しかし晩年どころか若い頃から何故か運動嫌いで通し、立て続けに病魔に取りつかれ、最後は肝臓癌で苦しみ抜いて死にました。彼が最後の最後に息を引きとったのを見届けた時、私は本気で「おい裕さん、やっと死ねてよかったな」と呟いたものでした。

彼を私の反面教師に見立てて、私は稚拙ながら日々体を動かすよう努めてきました。家にいる時は以前ならば四、五キロの散歩は欠かさずにしたし、議員時代は週に三回はプールで千メートル泳ぐことにしていました。その習慣は脳梗塞で倒れた後も一種の遺産として残っており、毎日二キロ歩いています。そしてそれが今の私を支えていてくれると思います。

自分以外の人間の死は皮肉なことに今こうして生きていて他人の訃報を聞き取った己との対比で、ある活力を与えてくれるものです。それは人間の備えたエゴの醜い発露かもしれないが、皮肉な真実、事実でもある。他者の死との対比で確認される己の実在への皮肉な感動は、新しいエネルギーをもたらしてくれる。

いや、この俺はまだまだと心を奮い立たせてもくれますが、特に若い頃知らされる仲間の死は妙に刺激になって聞く者を奮い立たせてくれるものです。あの違いはいったい何によるものなのだろうか。生ける者のエゴの発露にしても皮肉なものです。しかしある意味で人間は相対的に他人の死を踏まえて生き続け齢を重ね老いていくのですが。

私にはそうした皮肉というか残酷な体験が海でありました。

第三回の沖縄レースは遠州灘《えんしゅうなだ》で大時化《おおしけ》となり、加えて停滞していた巨きな冷水塊のために気温が極めて低く、被《かぶ》る波の冷たさが身にしみました。逆風が作る三角波に翻弄され、丸二日各艇は往生し、アルミの船体の船は波に叩《たた》かれ胴体が大きく凹《へこ》む有様だった。そんな中で定時の海上保安庁とのロールコールが行われ、へとへとになってウォッチオフでキャビンに戻りひと息ついていた者たちが無線でのやりとりに聞き耳を立てている最中に、ある船から荒天の中での落水者の報告がありました。

報告者が落水者の名前を告げると何故か相手は彼の職業を質してきました。報告者が「スタイリスト」ですと告げると、聞き慣れぬ仕事の名前をさらに質してくる相手に報告者は、丁寧に「雀《すずめ》のス、田圃《たんぼ》の夕、犬のイ、リンゴのリ、雀のス、とんぼのトです」と答えた時、うちのクルーの一人が「あいつだあっ」と叫んで跳ね起きたものでした。

落水者は彼の親友だった。あの荒天の時化の中での落水は即《すなわ》ち死でした。そしてそれを聞き届けた男は何故かいきなりハッチを開けて、上のコックピットに飛び出していったものだった。彼は今聞き届けた親友の死を外で苦戦している仲間に伝え、不思議なことに他艇の仲間の歴然とした死の報告を聞いた瞬間、私の船の全員に何故か新しい活気が蘇っていくのがはっきりと感じられたものです。

親しい仲間の訃報が老いた今と若い頃とでは何故こんなに異なるのかが、私には分かるようで分かりません。それは未だ生ある者の死者への驕りともいうべきか。とするなら一層、私たち老いたる者は自らの生を嚙みしめなくてはならないのでしょうに。

八十七の高齢を迎えて私は事あるごとに肉体の凋落《ちょうらく》をかこっていますが、それでも父や弟の死に様を思い出すと自分の高齢のありがたみを噛みしめてはおります。念願だったライフワークとしての法華経《ほけきょう》の現代語訳を無事終え、私に一生を与え支えてくれた神仏や先祖の恩のありがたさを、今さらながら改めて感じてもいます。私もいつの日にかはこの世を去ることですが、お陰でその時は父や弟のように悔いを残して身まかることはなさそうです。

父は大酒飲みだったせいで若い頃から血圧が高く、抜擢《ばってき》されて当時おそらく日本一盛んだった商港小樽の汽船会社の支店長になり、毎晩の宴会で小樽の花街では人気者でしたが、血圧に配慮し自宅で何度も長い期間の断食を繰り返す始末でした。

後には本社に呼び戻され、総務部長として活躍し、不定期航路を主体にしていた会社でまだ国際電話もなかった頃、外国航路で出向いている船を次にどこの港に向かわせて積荷を拾うかの判断の配船の名手として評判の男でしたが、造船疑獄のため会社の上層部が手薄になり、その分仕事の責任が過剰となって疲労がかさみ、ある日他社の社長室での会議で脳出血を起こし、周りが彼の日頃の激務を承知していたため、疲労のために居眠りしているのだろうと昼飯の間全員が他出し放置している間に亡くなりました。

配船の名人の死を悼んで彼の急死は業界では評判になりましたが、副社長のまま、まだ五十一で身まかった父としても無念の死だったに違いありません。

弟の裕次郎も父とほぼ同じ五十二の齢で死にました。念願の独立プロを作り『黒部の太陽』とか『栄光への五〇〇〇キロ』など画期的な作品を作り出し、テレビでも新しい刑事ドラマシリーズをヒットさせたりしていた最中に心臓の大病で倒れたが九死に一生を得たのに肝臓癌に侵され、彼も五十二という若さで亡くなりました。

父も弟も存分に生きたとはいえようが、それでも思い残したことは多々あったと思います。まさに死んで花実が咲くものかでしょう。

二人に比べて母は八十二というかなりの高齢でしたが、腹部動脈瘤の破裂で搬送される途中、患部が破裂してほとんど即死だったそうな。まさにピンピンコロリの典型だった。

それは弟の死に様に比べれば、ある意味で幸運だったとも思います。弟の場合、彼は苦しみ抜いた揚げ句に死んでいったのです。それは彼に言わせれば泥の中に浸《っ》けられて切りなく沈んでいくような耐えられぬほどのだるさだそうな。

「兄貴、これならもう片腕切り落とされた痛みのほうがましだよ。これは間違いなく癌だな」

彼は彼なりに察知していたが、私は癌と告知してやったほうが彼にとって精神的に楽なはずだと言い張っていたのですが、奥さんや番頭の小林正彦が、それを聞いたら彼の性格からして病院の屋上からあっさり身を投げて死んでしまうに違いないと反対して、最後まで隠し通してしまいました。そして最後の最後まで彼は我々には想像のつかぬ苦しみに苛《さいな》まれながら息を引きとりました。

私は早死にしたくはないが、あんなに苦しんでまで生き延びたいとは思いません。誰も己の死に方を選ぶ訳にはいかないが、弟の死に様は人間の死に様の尊厳と意味合いについて大きな暗示を与えてくれたような気がします。


老いてからの人生で衝撃的な出来事は他人の、それも親しい誰かの訃報です。それを知ることで誰しもが相対的に自分の生を改めて覚《さと》らされるものです。その相対感覚は皮肉で残酷ともいえる生命感をもたらしてくれるものです。

あいつは死んでしまったがこの自分はまだこうして生きているという、ある種の高揚感は残酷なものかもしれないがしかし、密かな生き甲斐をさえもたらしてくれるものです。

親しい間柄の相手の訃報は老いた人間にとっての活力にさえなり得る、それは皮肉な人生の公理でもあります。他人の訃報を悼みながらも、同じように限られている己の人生をこれからいかにしっかりと生き抜くかを考えることこそが、親しかった相手への供養にもなり得るのです。

そのむかし川中島でも合戦を繰り返し鎬《しのぎ》を削りあった仲の武田信玄と上杉謙信でしたが、謙信は信玄の急死の報せを聞いた時、思わず食事の箸を取り落とし落涙したといいます。

敵対しながらもかつては塩を贈り届けたという相手の訃報は、謙信の人生での転機でもありました。

この例のように人間の人生は他者の生死が絡みあっているものです。それを強く認識することが、自らの老いの意味合いを自覚し、真摯懸命に老いての生き甲斐を全うするよすがになるはずです。

国家規模の高齢化が進む中で身近な誰かの死は衝撃であり、自分の死を予感させ意欲を減退させもしますが、他人の死の受け止め方も人によって違い、その違いが老いてからの人生を左右しかねない。

人間の個性、性格の分析にクレッチマーの法則なるものがあって、人間はそれぞれ三種類の精神病の潜在的な性格を保有しているといいます。躁鬱病体質と分裂病体質、そして癲癇《てんかん》体質の三つです。

そして、身近な誰かの死を知らされた時、躁鬱病体質の人間は身に強くこたえ、分裂病体質の者はそれを所詮他人事《ひとごと》として捉えて過ごし、癲癇体質の者はあまり構わずに受け流してしまうという。

精神病理学者の斎藤環教授によると朝、歯をみがきながら鏡の中の自分に声をかけて叱ったりする癖のある私は典型的な癲癇体質だそうですが、それでも親しい仲間の訃報は身にこたえます。特に何かでの競争相手の訃報は人生の張りを無くしてしまう。この数年の間に私の人生の光背だった海で、ヨットレースでの強敵だった仲間を二人相次いで亡くしました。船を並べて二人の遺影を掲げた彼等の愛艇の前を過ぎながら二人の骨を海に散らしたが、その時感じた無常感はひとしおのものでした。それでも「よし、俺はまだこの海をお前に代わって走り続けるぞ」という妙に清々《すがすが》しい気負いもありました。

親しい愛する者の死は奇妙な勇気と気負いを与えてくれるものです。それは人生におけるバトンタッチのようなものだと思います。それが無くしてどうして私たちは親しい者の死を悼むことなど出来るのでしょうか。

第三章　長生きの是非

井上ひさしの小説の中にある人物の台詞《せりふ》として「年寄が身体を鍛えるなんざ、あんまり見っともよくないな。それぐらい生きりゃァもう充分でしょうが。年寄のトレパン姿は意地が汚くていけません。さもしく生きようとすることよりどう死ぬか、そっちへ頭を切り替えたらどんなもんです」などというのがあるが、これは彼自身が虚弱な体質だったせいもあろうし、一種のあきらめからきた意見だろうし、私は全く逆の意見、というか心情です。

日頃の散歩の途中でかなりの年配ながら走っている人を見ると羨ましく妬ましくもある。この俺だって何年か前にはあれよりも速く走っていたな、などと思い立ち、歩く速度を努めて速くしたりもします。

通りすがりに、私よりも年配の老人が片手に杖を突きながら懸命に歩いているのを見れば強く共感してしまうが。


しかしまあ極めての高齢は素晴らしいものでもあるが、高貴ともいえない。限られた高齢者たちは何を目指して努め、世界記録にもなりそうな高齢を物にするのか分かりませんが、美しさとまでいわぬが気品を失ってまでの長生きも周りに勇気を与えてくれても珍しい骨董品《こっとうひん》の域を出ないから、私としては世界記録になるような長生きをしたいとも思わない。

ひと昔前に日本に双子姉妹でともに百歳をはるかに超えて評判になった、きんさんぎんさんという高齢の二人がいて、もてはやされたものでしたが、ある時ある人の紹介でかつてブルースの女王ともされた淡谷のり子さんを紹介され、むかしモデルとして有名だっただけに豊満な肉体と若々しい声、その肌艶に感心して「今おいくつですか」と齢を質したら、「私もう七十六なの」という答え。感心してつい「それならあのきんさんぎんさんまでは行けそうですね」、お世辞で言ったら、にべもなく「ああ、あんなの駄目よ。ただ汚いだけだもの」、切り捨てられ思わず膝を打ちました。

誰しも長寿を望むに違いないが、やはり老い方というものもあるに違いありません。

老いてからさらに美しく気品を備えて生き抜くというのは老いの理想ですが、その典型的な事例はないでもな

きんさんぎんさん（成田きん／一八九二～二〇〇〇　蟹江ぎん／一八九二～二〇〇一）●百歳超の双子の姉妹としてNHKテレビに取り上げられて以来、CMに出演するなど国民的な人気者となる。写真集やCDまで発売された。人生百年時代の先駆けとして今も根強い人気を保つ。

い。

その典型は最近天皇の引退にともなって上皇后になられた美智子さんです。あの人の結婚以来の御苦労は並大抵のものではなかったと思いますが、それでもそれを乗り越え、見事な一生を送られていると思います。それは昔ながらの大奥ともいえる皇室を取り仕切る宮内庁のさまざまな軋轢《あつれき》との戦いだった。

今までの慣例では、生まれた皇太子は宮内庁に取りあげられ、母親ならぬ他の女官たちの手で育てられていたのを、彼女はそれを断固忌避して、あくまで母親としての自分自身の手で育てられた。その見識は見事なものだが、皇室を取り仕切る役人たちには反発され、彼女は艱《かん》

淡谷のり子（一九〇七〜一九九九）●青森の老舗呉服店に生まれるも大火で家が没落。上京して音大を首席で卒業後、歌手に。『別れのブルース』等のヒットでブルースの女王と称され、晩年は芸能界のご意見番としても人気を博した。

難辛苦《なんしんく》の日々を送ったことでしょう。その証しに彼女は一時言葉が出ない失語症状に陥られたが、なんとか撥《は》ね除《の》け立ち直られました。

私は政治家の中で唯一人外国人記者クラブのメンバーです。あそこにいる外国人の記者が誰しも世界で一番素晴らしく優雅な皇室のメンバーは、美智子皇后だと賞賛していたものです。

その美智子さんが大奥の中でどのように役人たちの構える古い囚習に縛られ、悪戦苦闘したかは、夫の天皇もよく知らぬことだったに違いない。彼女が皇太子妃となってから強いられた陰湿な迫害は想像に余るものがあります。

私が閣僚の時、皇室がらみの何かの催しに皇后が風邪気味で欠席されると報告がありました。

その後、私の母校一橋大学のＯＢによる理事会があり、私も出席しましたが、その席で理事長を務めていた皇后の父親の正田英三郎さんに会ったので、

「その後、美智子さんの風邪の具合はいかがですか」

と質したら、正田さんが血相を変えて、

「いや、僕は何も知らないんだよ。とにかく何も教えてはもらえないんだ」

と慨嘆したものでした。まさに愛する娘は生け捕りにされて籠の中の鳥の身の上ということでしょう。

後に調べて分かったが、娘を召しとられて以来、正田家の人々が宮中にお茶や会食に招待されたことは一度もなく、美智子さんはたった一度だけ実家を訪れるのを許されたそうな。それにもめげず彼女の晩節は見事なものでした。

老いてもなお己の立場をしっかりと踏まえ、さまざまな病苦を跳ね返し、国家を背負って夫のために尽くし通した姿は神々しくさえあります。

晩年の記者会見で天皇は、美智子さんの功績の評価を問われ、「まあ感謝状でしょう」などとは言っていたが、最高殊勲賞というべきでしょう。彼女の功績は老いてからの自らの立場をしっかり踏まえての生き方の、最高の規範というべきでしょう。

我が身に近い年代の仲間たちが自殺していくのを見るのはいかにも辛いが、やはり彼等は負けたのだと思います。破れたその相手とはそもそも何なのだろうか。病の後遺症、抱えている病、あるいは孤独、しかし年老いてからの失恋などはまれなことでしょうが、とすれば羨ましいような話ですが、何にしろ決して老いてから自ら命を絶つというのは潔いことではありません。

人間にとっての最後の「未知」、最後の「未来」というのは天与のものであって、それを勝手に左右してしまうというのは、この自分をこの世に与えてくれたものに対する背信としかいいようもない。それは老いという大切な人生の時の時を無視し、なおざりにする怠慢、驕りとしかいいようがありません。

それにしても女の自殺が珍しいというのは、男に比べて女は本質的に強いということでしょうか。それは女は妊娠と出産という辛い仕事を負うているせいかもしれない。

自殺について論じれば切りのない話ですが、良し悪《あ》しでいえば悪いに決まっている。第一に自殺は理由が何であろうと傍迷惑《はためいわく》なことです。その周りの者たちは何の準備もしていない訳だから、その事態に困惑混乱させられてしまう。

私の知己の、ある救急病院の院長に聞いたら、自殺もその仕方によって受け入れた院にしても手間暇がかかって厄介きわまりない例も多々あるそうな。

一番無残なのは電車に向かっての飛び込み自殺で、死体はばらばらになって始末に負えないという。よくある焼身自殺は手入れも大変だが、なまじ生き残ってしまった場合は当人はもっと無残で、命を繫《つな》ぐために切りのない皮膚の移植手術が続き、あれなら死んだほうがよほどましだろうと。

その点でいえば、風呂の中で手首を切って死んだ江藤淳の死に様は穏やかで、決して人騒がせなものではなかったと思う。比べて三島由紀夫の死に様はいかにも仰々しく、切腹した折に切り落とされた生首が写真で披露されたりして、これは老いによる衰弱とは全く関わりない、大芝居としかいえはしまい。

自殺未遂の常習者だった太宰治の自殺も、老いによる衰退とは関わりのない当人の精神の衰弱の露呈でしかなく、私には多くの日本人がなんであんな男の小説を愛好するのか訳が分からないが。

誰でも死に繋がる老いを嫌い恐れるものですが、若くして天才を自負していた三島さんは若い頃から、四十になった自分を想像するとぞっとすると言っていましたし、その年齢になったら自分は名前の綴《つづ》りを変えて魅死魔幽鬼翁と名乗るなどと言っていた。

後年ボディビルなどという方法で筋肉を付け足し、肉体的機能は一切ともなわない外見だけの体付きを拵《こしら》え自慢していましたが、揚げ句にそれを持て余し奇妙な思いつきを始めて私設の軍隊をつくり、揚げ句にそれも持て余し死ぬことへの願望に駆られて奇妙な言動が多くなりました。

彼の親友でもあり私とも親しかった村松剛が私に「三島が最近死にたがって死にたがって心配なんだ」と打ち明けていたものですが、最後はあの自衛隊の本拠に攻め込んで大芝居の末の、あの大仰な自殺になりました。

あの奇矯な自殺の根底に果たして自らの老いへの恐れ

三島由紀夫（一九二五～一九七〇）●一九四九年『仮面の告白』で作家としての地位を確立。ノーベル文学賞候補の常連作家、劇作家としても知られた。一方で独自のナショナリズム論を体現するべく「盾の会」を結成。自衛隊市ヶ谷駐屯地で自決する。

があったのかどうかは分からないが、誰でもやがては老いて死ぬとは知っているはずなのに、殊更それを恐れたり嫌ったりするのは所詮勇気のあるなしの問題ではなかろうか。そういう彼ならば、戦争の末期に国家のため特攻隊に志願することはあり得なかったに違いない。

江藤の自殺には他と違ってもう一つ、老いにともなう大切な要因がありました。それは孤独感です。最愛の妻を亡くし肉体も脳梗塞で損なわれ、居たたまれぬ心のままに親しい仲間と話す時には必ず泣き上戸になっていた彼の心境は痛いようによく分かる。彼とは大分違いますが、私も家内がこの数年心臓の大手術に続く怪我《けが》や他の病で入院が続いていて、家に不在が続き、そのせいでストレスが溜まり、何かにつけて怒りがちになってきて自戒はしているのだが、どうにも救いようがない状況です。これも若い頃なら何か激しいスポーツでストレスを発散できたのだろうが。

江藤の場合には、加えて実は私しか知らぬ悲劇のための、ある引き金があったのです。

孤独な彼の心情を察して東京都現代美術館の館長への就任を依頼した私に、彼は感謝のついでに前述のとおり籠りきりの彼の身の周りを世話してくれる誰か良いお手伝いさんはいないものか相談してきたので、息子の家に応募してきていた、ある立派な女性を紹介したものでした。

まだ若い立派な後家さんで彼もひと目で気に入り、住み込みで身の周りの世話を依頼し、少し離れた商店街への買い物のために、二人して自転車を買いに行ったりして、良き人を迎えての新生活のために準備万端整え、彼

江藤淳（一九三二〜一九九九）●昭和を代表する文芸批評家の一人。代表作『小林秀雄』『漱石とその時代』等で主要文学賞の多くを受賞。日本文芸家協会元理事長。後半生では日米の関係論についても、多角的な評論作品等で展開した。

女は軽井沢の実家に身の周りの品物を取りに帰り、三日後に江藤邸へ帰参する予定でした。

しかしその日の午後、東京近辺を発達した強い低気圧が通過し、私の居た都庁の高い建物にも落雷したり、七階の私の部屋の目の前の広場を低く覆った黒い雲が雨を降らせながら通り過ぎていく凄《すさ》まじい天候でした。

そしてそのために、帰宅を急ぐ彼女の電車は数時間立ち往生し、予定よりも何時間か遅れて戻った彼女が見たものは、風呂の中で手首を切って死んでいた彼の姿でした。

あの凄まじい嵐は当然彼の住む鎌倉も襲ったはずで、その中で身も心も縮み上がり、戻るべき人が戻らずにいる孤独感に苛まれ、彼は自らその命を絶ってしまったのでしょう。

彼の遺体を荼毘《だび》に付して骨を拾い合った時、共通の親友だった東大教授の辛島昇が江藤が期待していた新規のお手伝いさんのことを知っていたらしく、「あの嵐さえなければなあ」と慨嘆していたものでしたが。

江藤を襲った悲劇の要因は、老いのもたらす孤独感に他ならないでしょう。老いがもたらす寂寥感《せきりょうかん》は当人だけが身に染みて感じているもので、他人に打ち明けてもどうなるものでもありはしません。加えて肉体の衰弱はそれに拍車をかけてくる。しかしそれは自分一人で黙って耐えるしかありはしません。

江藤の自殺について同時代に活躍し、いろいろ深い関わりのあった大江健三郎が「脳梗塞を気にして自殺するなんて、同じ脳梗塞から立ち直ろうとしている他の人たちにとって失礼だ」と発言し、文壇の心ある者たちの顰蹙《ひんしゅく》を買っていたものですが、江藤と同じ病に襲われ、なんとか立ち直ってきている私からすれば、あの江藤が抱えていた孤独と不安感は痛いようによく分かる気がします。がしかし、それに耐えることこそが人生の終焉《しゅうえん》におけるドラマであり、老いてこその最後の生き甲斐ではないでしょうか。

老年になって味わう孤独と寂寥感の解消には、同病相憐《あわ》れむではないが、同世代の誰かたちと愚痴にしろ忠告にせよ、語り合うのが一番いい。テレビで見たりするが集団で体操をするとか、何か娯楽を嗜《たしな》むとかしての交流は互いの刺激になって、あいつは自分より若いのに下手だな、あいつは同じ年頃なのに上手いなとか、ある種の競争意識を培い、その後の生活での新しい刺激になります。

老年の特徴の一つは「引きこもりがち」ですが、それは人生の閉鎖であって、積極的に他者と交わり、さまざまな摩擦を講じることが刺激となり、生き甲斐をもたらすことが多々あります。

何よりも自分で自分を閉じ込めての孤独は何も新しい刺激をもたらさないし、限られた人生での生き甲斐をもたらしません。老いがもたらす肉体の衰微は精神にも及んで人間を消極的にしてしまい、人生を閉鎖してしまう。

老いた夫婦を茶飲み友達などともいうが、あれは老年での孤独を暗示的に否定した、良い言葉だと思います。

さらにそれにしてもですが、自殺する男に物書きや小説家が多いのはいかなることでしょうか。昔から有島武郎に始まり太宰治、三島由紀夫、川端康成、評論家の西部邁と全て私の知己ですが、それぞれ理由があろうと私には男として納得が出来ません。彼等は何故死ぬまで老いと戦うことがなかったのだろうか。

西部は国家を思うこと激しい論客だったが何か厄介な持病を抱えていて、それを隠すためにいつも深く帽子を被り両手に手袋をはめていたものだが、多摩川に入水《じゅすい》して自殺すると溺死体となって流れていき、醜い姿となるのを恐れたのか、限られた仲間の手を借り、体を岸の木に縛りつけさせたらしい。

その仲間は自殺幇助《ほうじょ》ということで咎《とが》められたりしたが、あの潔さのなさは彼にして何故だったのだろうか。彼もまた自らの内なる何かに負けたとしかいいようがありません。

ともかく自ら命を絶つ者は老いと戦うことをあきらめた敗者でしかないと思う。

人の死に際なるものは自分で決められるものではないが、実際の死にいかに立ち向かうかには、過去にも今にもさまざまなパターンがあります。

その中で、私がいかにも彼らしいなと肝に銘ずるのは、

西部邁（一九三九～二〇一八）●六〇年安保闘争時は東大自治会委員長等を歴任。東大教授をへて一九六三年から、社会経済学的観点による批評活動を展開。東大辞職後は「新しい歴史教科書をつくる会」を主宰、国家意識や道徳の回復等を提唱した。

あの希代の英雄・織田信長が配下の明智光秀に背かれ宿舎の本能寺を大群で囲まれた時、森蘭丸が「寄せ手の旗印は（明智の）桔梗《ききょう》の紋でございます」と報告したのを聞くや、

「寄せ手は明智か、ならば是非もない」

あっさりあきらめ、寺に火を放ち腹を切ってしまった潔さ。あの潔さは無類のものです。

優れた男というものは皆、優れた死に際を見せてくれるものです。そして聞く者を痺《しび》れさせる名文句を残してもくれる。私の好きな遺言の一つは戦国の武将の一人、直江兼続がいよいよ天下を二つに分けての関ヶ原の合戦が行われる直前、親しかった大坂方の参謀、真田幸村との別れにしたためた手紙の中の歌です。

「春雁我に似たり　我雁に似たり　洛陽城裏花に背いて帰る」

この名文句はいろいろ使えそうで、東京の本社から地方に転勤する男の心情にも

重なりそうです。

私が何よりも好きな男の死に際、というより死を覚悟の旅に出向く男の姿を表した物語は『平家物語』の一節です。平家の公達《きんだち》の一人、薩摩守忠度《さつまのかみただのり》が都を発《た》って西国に落ちていく途中、急に馬を返して彼の歌の師匠・藤原定家の門を叩いて自らの歌集を手渡し、「近々勅撰《ちょくせん》の歌集が編まれると聞いておりますが、できれば私の歌の一首なり加えていただければ、この上ない幸せと存じます」と述べて、死の待つ戦場に向かって落ちていったという。

定家はそれを受け取り、必ずやお心に報いましょうと涙ながらに愛弟子《まなでし》を送り出しました。

そして間もなく勅撰和歌集は編纂《へんさん》され、その中に忠度の歌集から選ばれた一首が載せられました。

「さざ波や　志賀の都は荒れにしを　昔ながらの山桜かな」

という名歌で、作者の名はわざと記されておらず、ただ、詠人知らずとあったそうな。なんとも胸を打つしゃれた挿話ではないか。

忠度の歌には、あの西行の願った死に際の歌にも通う心憎い歌もあります。

「行き暮れて　木の下陰を宿とせば　花や今宵の主ならまし」

と。これまたなんとも粋《いき》な一首ではあるまいか。

あいつは往生際が良いとか悪いとかよく言われるものですが、人生は人によってさまざま起伏もあるもので、男と生まれたら己の死に際だけは上手く飾りたいものです。

織田信長の好きだった小唄に、

「死のふは一定　しのび草には何をしよぞ　一定かたりをこすよの」

とあるが、人は死ねば端から何を勝手なことを言われるか分かったものではありません。

ということだが、この摂理が教えていることは、男はやはり死に際ということでしょう。

しかし世の中がどう変わっていこうと所詮人間一人で生きていかなくてはなりません。他者との関わりがいろいろあっても死ぬ時は所詮一人で逝くのです。

老いの自覚は不安や焦りをもたらすだろうが、時間の推移とともに進む老いは時計の針と同じように巻き戻す訳にはいきません。老いのもたらす不安や焦りを防ぐためには、こちらから何かを仕かけていくしかない。それは身の周りの整理整頓でしょう。

私の次男の妻の曽祖父はかつての特攻隊の生き残りの、驚くほどタフなもう九十を超す老人ですが、先日突然職人を呼び寄せ、二階の自分の部屋の畳と障子を全て張り替えてしまいました。驚いた娘が質したら、自分が死んだ時に弔問にくる仲間たちのために部屋をさっぱりさせておくのだと答えたそうな。

これは見事な自分の老いとその先にある死への正面きっての対峙《たいじ》でしょう。老いの先にやがて死が在ることは周知のことだから、それにどう対峙するかを決めてかかることは老いと死の克服ともいえます。

北面の武士から歌人に転じた西行法師は、自分にとっての理想の死について歌を作り、それに準じて断食して安らかに死んでいったそうな。

「願わくは　花の下にて春死なむ　その如月《きさらぎ》の望月の頃」と。

これは老いてからの生き甲斐を凝縮して表した見事な人生だと思います。人間は誰しも必ず死ぬのです。それまでの老いをいかに生き抜くかが、その人生の本当の意味をなすことになるのです。

第四章　肉体的挑戦

私は思いがけぬ病の後、失われた体力を取り戻すためにかなり無理して毎日一時間ほど決まった道を歩いていますが、途中よく出会う老婦人がいます。小柄で痩せていて髪は真っ白、そしていつも娘さんらしい、これもかなり高齢の女性に付き添われて矍鑠《かくしゃく》として歩いています。行き会う度に互いに声を掛け合う仲になりはしたが、ご当人は顔を会わす度、いつも晴れやかに笑いかけてくださる。あの姿は美しく不思議に勇気を与えてくれます。

あの人は神様に支えられながら生き抜いている、というのがひしと感じられます。あれこそが素晴らしく美しい老いの姿だとつくづく思います。互いに時間がずれて行き会えない時は寂しい気がして、相手の身が心配にもなります。あれは病んだ後の私に勇気を与えてくれる路上の神様なのかもしれません。

脳梗塞の後遺症の一つは平衡感覚の摩滅で、家の中のように狭い空間だと立っているだけで妙によろけたりして危ないのですが、それを克服するためには長い距離を歩いて足の筋肉を鍛えるしかない。

そこで私としては毎日家の前の通りを端から端まで、およそ二キロ歩くことにしました。その他に週に一度ロングブレスのスタジオに通い、かなりハードなトレイニングと、他の日に一度二時間近い全身のストレッチの治療を受けていますが、他の何よりも甲斐があるのは自分の意志で行う散歩です。

少しずつその距離を延ばすことにしているが、今日はあそこまで足を延ばしてみよう、しかしそれはまだ少し無理かなと思いながらも試してみて、なんとか出来た時の達成感というのは若くてまだ元気だった頃、肉体を酷使して成し遂げた時と同じ達成の満足感があります。それは老いてからのほうが若い頃のそれよりもはるかに意味深いような気がします。あれはささやかだろうと一種の達成感であって、その意味合いは若い頃のそれよりも深いものがあるような気がします。

そうした時、私が思い出すのは私が東京都知事の頃創設した東京マラソンで、眺めていて何よりも感動し共感できたのは、一番でゴールインして月桂冠を受けるランナーよりも、制限の七時間ぎりぎりに、間に合わぬランナーを追いかけてきて収容してしまうバスから逃れようと必死に走り、なんとか無事走りこんだランナーたちが建物の中に設《しつら》えられた足湯に浸かり、辛うじての達成感に浸りながら、それぞれ涙している光景でした。

そんな連中におめでとうと声をかけると、「ありがとうございました」と感謝されるが、それは逆の話で、「私よりも君自身に感謝しろよ」と言ってやるものでした。

アリストテレスが説いた哲学の原理として、時間は止まることがありはしないから、時の経過はあらゆる物に変化をもたらします。人間の肉体とて同じことで、それ即ち老いということです。それに逆らえるものなどこの世にあるはずもない。不死な生き物などありはしないし、人間とて同じことで誰しもそれに逆らおうとしますが、それはそれで健気《けなげ》なことだが逆らいきれるものでありはしない。

しかしそう努めることが大切で、それは人間の精神の若さを支え、保ってはくれます。私自身も中学の頃から続けてきていたサッカーでいかにも足の速度が落ちてきて選手として限界を感じた時、三十の節目で他のスポーツを心がけることにし、サッカーに比べればなんとなく柔いものに見えたのでテニスを始めましたが、これは印象とは違ってかなりタフなスポーツで、それなりに満喫できました。腕前のほうは群雄割拠する毎日テニス選手権のダブルスで四回戦までは行きました。

さらに四十の齢になった時には新しくスクーバダイビングを始めました。これは大当たりで、タンクを背負っての潜水は私を人間から魚に変えてくれ、水深五十メートルを超す海の底での景観はまさに地上とは違う世界の広がりで、私の人生観を変えてもくれました。

六十の齢には馴染んできた海から離れて、宇宙まではいかないがせめて空を飛んでみたいと思いつきスカイダイビングを試みたが、これは簡単なトレイニングで出来る。インストラクターを事務所に招いて、目をつむったまま椅子から飛び降り、十数えて胸元のストラップを引き、背負った落下傘を開くという仕組みを習うもので、ちょっとした勇気さえあればスクーバダイビングより簡単なので今度は空を飛んでみようと決心しました。

そしてある週末、次の日曜日に習志野の飛行場の飛行機を予約し初ダイビングをするつもりでいましたが、前日の土曜日に夕食の後テレビを見ていたら、ニュースでどこかの飛行場で初心者の女性が飛行機から飛び出したらパニックを起こし同伴のインストラクターにしがみつき、二人とも空中で身動きがとれず肝心のストラップが引けずにそのまま河原の土手に墜落したというニュースがあり、土手に墜落した二人のあけた穴が映しだされていたのでショックを受け、さすがにキャンセルしてしまいました。

あれは惜しい機会を逃したので、八十代の記念にもう一度挑戦してみようかとも思っていますが。

いずれにせよ人間は不可避な老いに対し歯向かい挑戦しなければ、そのままずるずる押し切られてしまうのです。そしてその挑戦こそが老いてもの生き甲斐を与えてくれるはずです。

老いに挑む肉体的なノルマを課すことで、老いに対して自分を支え、ささやかでも新しい生き甲斐を勝ち得ることが出来るはずです。

私が自分に課している散歩の折に出会う、もう多分九十は超えているだろう矍鑠とした老婦人を見る度思い出すのは、かつてヒトラー政権下で行われたベルリンオリンピックの傑作記録映画『民族の祭典』を製作した女性のレニ・リーフェンシュタールの一生です。

あの映画は大成功し、ドイツの大宣伝となったために戦後、彼女はナチ協力者と非難されましたが、それをものともせずに一人アフリカの蛮地に移り住み、絶滅に近い少数民族の写真集を作って世界を驚かせました。その後、南太平洋のガダルカナルに移り住み、七十歳を過ぎてからスクーバダイビングを始め、豊饒《ほうじょう》な海底の記録映

レニ・リーフェンシュタール（一九〇二～二〇〇三）●ヒトラー政権下のドイツで開催されたベルリンオリンピックの記録映画『民族の祭典』の監督として知られる。舞踏家、女優、写真家としての顔ももち、戦後も長く、表現活動に従事した。

画を作ってもみせました。女にしてなお、八十歳を過ぎてもなお人生に挑戦し続ける彼女の生き様は見事というしかありません。

老いてからの生活を活性化し、充実させるために必要なことは機械的な仕事、つまりルーティンを自分に強いることです。

それがいかに退屈でも、それを必ず反復することで一日がアクティブに展開されていくのです。

私の場合は睡眠から覚めたらまず丸裸になり、タワシで全身をこするか、着替えて洗面し朝飯の後、天候次第では散歩に出ます。

わずか一時間足らずの間、二キロほどの道のりを歩くノルマを機械的にこなして、その後スクワットを三十回、雨の日は家の中でスクワットと後腿《うしろもも》上《あ》げを百回、そして全長三十メートルほどの廊下を百回往復しないとどうしても気が済まない。

そうしたルーティンの反復が一種の強迫観念になって、老いによる肉体や心の衰退を防いでくれるのです。

それともう一つ当たり前のことだが、案外気づかずに無頓着でいるのが呼吸の大切さです。地上の生き物の中で呼吸をせずに生きているものはありません。その呼吸のありがたさを知るには、何かの運動の後や急いで走った後、息を整えるために深呼吸をした時の、あの蘇《そ》生感《せいかん》を思い出してください。

普通の呼吸と違っての深呼吸は血液の流れを促進し、脳も含めて身体を活性化するのです。

ひと頃、美木良介さんの主唱するロングブレスが世間を風靡《ふうび》しましたが、あの原理は人間の健康維持の要なのです。丹田に力を入れ胸いっぱいに息を溜め、それを力強く長く遠くまで吐き出す呼吸法は全身の血流を活性化し、全身の細胞をも活性化させるのです。こんな安上がりで効果的な老いの防御策は滅多にありはしません。

それを機械的に行う習慣を取り入れることで、老いによる退化を効果的に防ぐことが出来るはずです。

脳が活性化されれば、若者を凌《しの》ぐ発想が人生での長い経験を踏まえて出来上がるはずです。

老いてからの生き甲斐を定期の運動こそ支えてくれるという実例は枚挙に遑がない。

私の知己の川崎のある大きなお寺に勤めている老婦人はある時、座ったきりの仕事柄か血圧が高くなり、医者に相談したらどこかのジムにでも行って少し運動をしないとと勧められ、あるジムに行って相談したら、手足もそう長くない体格からしてベンチプレスを勧められたそうな。以来腕を上げ、七十の齢を超したのにかなりの物を持ち上げられるようになり、最近年長者の大会に出たら七十五キロを持ち上げ優勝したという。

また私の知るある人は、八十過ぎてから奥さんの青森の実家を訪れた時、生まれて初めてスキーを試み夢中になり、なんとか上手くいったので毎年出かけて行って、ある時検定を受けたら一級をもらい、以来病付きになり、さらに努めて指導員の資格も取得して青森に移り住み、プロのインストラクターとして働いているらしい。

こうした老人たちの生き様は、まさに老いてこその生き甲斐の発見に違いない。これは生きることへの執着などではなしに、新しい人生への再スタートに他なりません。

このように老いは役者の演技に限らず、いかなる仕事でも若者が及ばぬ効果をもたらしてくれるものです。まさに亀の甲より年の功ということです。それは長い人生が培ってくれた経験のもたらすものであって、なまじの若者に出来るものではありはしません。

物を作る職人の世界でそれは顕著なことです。大工のカンナ削り一つにしてもベテランの技と新入りのそれとでは雲泥の差がある。それは老いがもたらしてくれる成熟のたまものです。若者がそれを体得するには年季と、後は己の感性で先輩のそれを盗むしかない。

よく何かに優れた職人がその技の切れ味について弟子に「齢をとれば分かる」と言うが、それは老いこそがもたらしてくれる何につけ技の切れ味の極意です。

老いてから肉体の機能があちこち衰退をきたしてきた頃の仕事との関わりも、人生の中で大切な意義を持つ命題です。

私が思いがけぬ脳梗塞で倒れたことで利き腕の左手が完全に麻痺してしまい、字や絵を書けなくなってしまった厳しい現実の中でも発想は損なわれてはいなかったから、物書きの本能に駆られて取り寄せたワープロで、ベッドの上で小説を書きました。そうしなければ、この自分はこのまま自分として失われてしまうだろうという恐れから思い立ちました。

やってみたら頭は冴《さ》えていたので、海での遭難と漂流を主題に『隔絶』というかなりいい短編を物しました。インターネットの読者の間では評判になり、自信というか生き甲斐を感じました。

老いは往々仕事に関する自信を殺《そ》いでしまいがちですが、年齢の堆積は今までになかったスキルを体得させてくれているものです。

それを見限って手を休めることは人生への冒瀆《ぼうとく》でしかありはしない。老成という言葉の真意を信じてかからなければ、偉大な進歩も若さを凌ぐ傑作の誕生もあり得ません。

それを如実に体現してみせたのが、江戸時代の浮世絵の天才画家・葛飾北斎でした。北斎は根からずぼらな人で、散らかし放しの家に飽きるとすぐに転居してしまい、通じて九十三回も引っ越したそうな。どこへ越しても家の中はゴミだらけで、身なりもいつも着たきりで、五十一歳から独身を通し才能豊かな画家だった三女の阿栄と同居して暮らしたが、画業が進み有名になっても金銭に執着がなく、金銭に関しては仙人のような暮らしぶりだったそうです。

六十を過ぎてから日本の代表的な画家とされてきたが七十五歳の時、あの『富嶽三十六景』を物し、続いて『富嶽百景』を仕上げています。

彼の述懐では「自分の絵は七十までは取るに足らず。七十三になって虫や獣を描くようになった。九十になれば奥義を極め、百歳になれば神妙の域に達するだろう」と自負していました。

彼のまさに神業に近い絵は一人日本にとどまらず、遠くフランスをはじめヨーロッパの画家たちに大きな影響を与えたのです。

老いてこその成熟を見事に体現してみせた北斎の画業は、高齢に至った人間たちにそれぞれの仕事を通じての人間社会への貢献の可能性を強く暗示してくれていると思います。

私は最近ストレスが溜まって左の胸の周りに違和感があり、心配して検査を受けに入院しました。結果は何もなしに無罪放免になりましたが、検査のため四日間点滴などの装置を着けられ、ほとんど身動きできずにいたため足腰が弱ってきて、終わりの二日間には病院の廊下を歩き回ったが、それでも家に戻ってみると今までの日課で保っていた足の力が半減していて、ぞっとさせられました。

それを取り戻すためにまたいつもの距離を歩いているが、もどかしいほど失われた足の力が復元していきません。まさに継続は力だという言葉の意味を改めて嚙みしめています。

老いの恐ろしさは、休息は衰退に繫がるという肉体の公理をすぐに証しだすということで、しみじみと覚らされたものです。

そしてそれを取り戻すために退院後、毎日弱ってしまった足を酷使して歩いていますが、以前のようになかなかしっかり歩けない。これは大事にしていた貯金を何かの都合で引き出して使ったら、それが癖になってみるみる浪費が進んで、下手をするとすってんてんに成り果てる世の常にいささか似ているような気がしないでもない。

ともかく老いてきて日頃の習慣を何かにかこつけ、ひと休みするのは危険な落とし穴だということは間違いない。これもまた老いてから獲得する肉体に関する知恵の一つといえそうです。

老いてからの最大の問題は老衰にともなう体力減退、さらに肉体の老化がもたらすさまざまな肉体の不具合、疾患でしょう。あるものは顕著な病となって現れてもきます。

しかしそれをすぐに医者に相談したり、病院などの施設に身を委ねて治そうとするのは早計です。最近は高齢化にともなって医療に関する保障も進み、それを期待して安易に医者にかかる者も多いが、医者も商売だから安易に相手を患者として取り込んでしまう傾向もないではない。

必要なことは事に関してのセカンドオピニオンを求めることです。

最近、私の家内が抱えていた腹部の動脈瘤が発達して拡大してき、掛かりつけの専門医に相談したら、その人は心臓外科医で神の手を持つといわれている人なので、事が悪化し破裂したりする前に切開して取り除くということになったが、同じ病院の他の専門医に診せたら、開腹手術などするよりもこの程度の症状ならステントを挿入することで防げるという診断で、幸い全身麻酔での開腹手術という大事は免れることが出来ました。

現代医学の進歩は目覚ましいものらしいが、それでもいわゆる西洋医学にも限界

郵便はがき

料金受取人払郵便

代々木局承認

6948

差出有効期間
2020年11月9日
まで

1 5 1 8 7 9 0

20

東京都渋谷区千駄ヶ谷 4 -

(株) 幻 冬

書籍編集部

1518790203

ご住所　〒
都・道
府・県

フリガナ
お名前

メール

インターネットでも回答を受け付けております
http://www.gentosha.co.jp/e/

裏面のご感想を広告等、書籍の PR に使わせていただく場合がございま

幻冬舎より、著者に関する新しいお知らせ・小社および関連会社、広告主からのご案内を送付することがあります。不要の場合は右の欄にレ印をご記入ください。　不要

をお買い上げいただき、誠にありがとうございました。
にお答えいただけたら幸いです。

購入いただいた本のタイトルをご記入ください。

』

者へのメッセージ、または本書のご感想をお書きください。

書をお求めになった動機は？
者が好きだから　②タイトルにひかれて　③テーマにひかれて
バーにひかれて　⑤帯のコピーにひかれて　⑥新聞で見て
ンターネットで知って　⑧売れてるから／話題だから
に立ちそうだから

年月日　西暦　　年　　月　　日（　　歳）男・女			
①学生	②教員・研究職	③公務員	④農林漁業
⑤専門・技術職	⑥自由業	⑦自営業	⑧会社役員
⑨会社員	⑩専業主夫・主婦	⑪パート・アルバイト	
⑫無職	⑬その他（　　　　）		

ハガキは差出有効期間を過ぎても料金受取人払でお送りいただけます。
いただきました個人情報については、許可なく他の目的で使用す
はありません。ご協力ありがとうございました。

があって、それだけが快癒のための唯一の手立てとは限らない。人間の体は神秘なほど複雑多様に出来ているのですから、現代医学だけを信じ切って身を委ねても及ばぬことは多々あります。

私の母は四十代の頃、腎盂《じんう》炎《えん》に悩まされていましたが、その頃の医学では対処の術《すべ》がなく、いつも往生していました。しかし戦後ある人に紹介されて世界救世教という宗教の浄霊という手立てで完治してしまいました。これは現代ではかなり普及してきた「気功」で、相手に向かってただ手をかざして何かを送り込み患部を治すという療法ですが、あの批評の神様ともいわれていた小林秀雄さんのお母さんも、同じ方法であの気難しい息子の治療をしてやってい、小林さんも素直にそれを受けていたそうな。

世界救世教の浄霊は今ではあの教団の幹部だった人に受け継がれ、教団も代わり真光と名前も変え栄えているそうですが、気功の術はその動作そのものは手かざしと呼ばれているようで、同じ術で人の病を治す気功の名人はあちこちにいて、私の住む田園調布にも熊井さんという気功の大家がいて門前市をなしている。

私が驚いたのは、私の友人で右の鼠《そ》頸部《けいぶ》に骨肉腫が出来てしまい、がん研では後半年の余命といわれた男をそこに紹介したら、何とそれからも七年半の命を得ています。これは過去に、親しい友人の娘さんを若くして同じ病で亡くしたり、さらに秋田での私の後援会の幹部を働き盛りに亡くしている私の経験からすると、奇跡のような話だが、実際のことです。

あの智《ち》の巨人ともいわれていた渡部昇一さんも、音楽家の息子さんがそこで厄介な病を完治させられたのを見て、自分で進んで治療を受けていたものでしたが。

私自身もある時、気功に関して驚く経験をしました。

ある友人から、たまたま日本に来ている中国の有名な気功師がいるのでかかってみないかと誘われ、ある所で治療を受けたものでしたが、その気功師が私の気の力は地球の大地からエネルギーを吸い上げているので高い建物では効果が出ないという。何やら信憑性《しんぴょうせい》を疑ったが、私の術を受けたら今夜は風呂に入るな酒を飲むなと念を押され、それでもその夜友人と酒を飲み家で風呂に入ってしまったら、熟睡した次の朝、体が物凄《ものすご》くだるくて起き上がれない。驚いて件《くだん》の友人に電話したら彼も同じ有様だという。そこでまた出直して前日の気功師にかかったら即座に治りました。

つまらぬ打ち明け話だが、事ほどさように人間の体は神秘なほど緻密に出来ているのを、専門を任じている医者といえども人の体を十全に管理できるものではありません。

老いてから自分の体に自信を欠いてきたなら、いたずらに医者などに頼らず自分で出来ることを日頃試みて、老いの不安を取り除きたいものです。

そして世の中には医者の及ばぬ人間の体についての奥義に精通した天才がいるということを知るべきです。

彼等が説いていることは、言われるままに自分でやってみると驚くほどの効果があるものです。

その例を二つほど披瀝《ひれき》します。

整体協会を設立した野口晴哉《のぐちはるちか》は人間の肉体の奥義に関して熟知した天才でした。

私は三度ほど彼の治療を受けましたが、相手の体にほとんど触るか触らぬほどしただけで健康状態だけではなしに、潜在している性格までを言い当て、素晴らしい忠告をしてくれたものでした。

物書きの私は仕事の時間が不定期で床に入る時間もその次第で、寝つきが悪いと苛々し、睡眠に関してはノイローゼ気味でしたが、それを言い当て簡単に熟睡できる「活元運動」なる簡単ながら実に効果的な方法を教えてくれました。

そのメカニズムはよく分かりませんが、要はそれまでの生活の中で抑圧されてきた不随意筋を一気に解放してやる原理で、寝る前にベッドでそれを行うと全身が自然に痙攣《けいれん》して動きだし、あくびが続いてスムースに眠りに入れるのです。

それともう一つ人間として生きている限り、その気になれば元気を保つために絶好の方法というか、心がけ次第で生き甲斐を保つ方法があります。それは日頃当たり前のこととして行っている呼吸の調整です。

先にも述べたように、私は七年前思いがけず脳梗塞に襲われ、早めに気づいたので軽症で済みましたが、それでも軽い後遺症が残り、散歩の折に歩きながら平衡感覚に不安な支障を感じていました。その克服のためにいろいろな療法を試みてきましたが、あまり効果がなく我慢を強いられていたところ、親友の幻冬舎の見城徹社長にロングブレス療法を勧められてトレイニングに通う内に、なんとか安心して毎日二キロ、大股で歩けるようになりました。

地上の生物の全ては海の鯨まで呼吸をして血液を循環させて生きている。その生存の「根本原理」を活用してのロングブレス療法は、パーキンソン病とか他の多くの難病を克服しています。

前にも記しましたが、下腹を凹ませて力を入れ胸いっぱいに呼吸して息を溜めてから、目の前の物を吹き飛ばすくらい強く精いっぱい息を吐きだすのを繰り返すことで、全身の血管の九十九パーセントを占める毛細血管にまで酸素が行き渡り、冷えが治り、全身に活気が蘇るのです。

これはどんな怠け者でも、寝ていても座っていても出来る、長寿を保つために必須の方法です。どうせ長生きするなら元気で過ごしたいものです。

これも以前に何かに記しましたが、人間の肉体の動きから感情の発露までの全ては脳の作用に依るものです。そしてその脳の中で一番大切なものは脳の中枢を占める脳幹です。そして脳幹の強弱は人の人生を左右します。脳幹の強さは肉体の強弱によって支配されます。だから老いてもなおのトレイニングは人生をしっかり生き遂げるために不可欠です。

老いは折節に若い頃の自分との比較での意識を醸し出します。

老いに対する立ち向かいの術は、まず何よりも慨嘆しないことです。つまりこの自分には必ず明日があり、さらにまたその翌日もあるのだと自覚して、その日何をするかを積極的に考え、その日の計画を立てて臨むことです。老いのもたらす怠惰のままに行き当たりばったりに過ごすことは、人生の無駄な消費でしかありはしない。

どんなことでも計画を立てて、それをこなしていくことでのささやかなりとものの達成感が生き甲斐を育《はぐく》むのです。

第五章　執着の断絶

老いがかさみ肉体が衰えてくれば、以前は肉体の行使によって出来た物事のあるものが不可能となるのは仕方がありませんし、それをいつどうやってあきらめるかには決断がいります。それは辛いが仕方がない。昔流行《はや》った歌に「別れることは辛いけど　仕方がないんだ　君のため」という文句があったが、老いてきたせいであるものをあきらめることは、誰のためでもなく自分自身のためでしかありはしない。

私は数年前に車の運転をあきらめました。

そのきっかけは、ごく以前に購入していた気に入りの屋根の開くレクサスのクーペを、山中湖の別荘に行っていた折に家内が心配してくれていたが一人で運転しドライブがてら山中湖を二周した時に、湖畔の割に人の多い辺りで通行人に気を使って車を左に寄せて走っていたら、歩道と車道の境目の十五センチほどの路肩に二度タイヤをこすったことです。大きなショックはなかったが、何故かそれがひどく気になりました。

その時、何故か家内の従兄《いとこ》のことを思い出した。彼は東大の工学部を出た秀才で、JR東日本の幹部候補として新幹線の新しい車両のほとんどを設計していた優れた人材で人望が厚く社長からも信頼を得ていた男でしたが、ある時奥さんを病院通いの車に乗せて帰る途中、軽い接触事故を起こして自戒し、それきり運転をやめたという。そして何故かその後すぐに突然の病で亡くなりました。

その出来事の暗示かどうか、私はふとその気になったのです。それから間もなく年寄りが車を暴走させ通行者を殺す理不尽な事故が多発し、私はまだまだ自信があったが自分の決断に密かに納得していました。

若い頃は冬にゴルフの後、クラブでウイスキーを何杯か飲み干し、革ジャンパーを着込みスポーツカーの屋根を開け銀座の行きつけのバーへ行き、逗子の家まで飛ばして帰った私でしたが、飲酒運転が厳罰となった今日、負け惜しみではないが車の運転にはもう何の未練もない。

年齢がかさめば、それだけ体の自由が利かなくなります。故にも今まで出来たことが不可能になります。故にもそれに沿って何かをあきらめなくてはなりません。それはいくら口惜しくても所詮身のためですが、なかなかその踏ん切りがつかないのが常です。

最近、私はついに私の人生を通じて私に生き甲斐を与えてくれていたものをあきらめ、手放す決心をしました。幼い頃から私を心身ともに育み、私の人生の光背ともいえた海と別れる決心をし、外洋レースのための愛艇を手放すことにしました。

事の発端は、年間を通じて行われている外洋レースの中でも一番短い熱海沖の初島を回るだけのレースでよろけて転び、用を足しにコックピットから船内に降りて船首に近いトイレに行くためにいちいち物に縋りクルーの手を借りる始末で、なんとも傍迷惑なものでした。

海もごく穏やかなものだったが、それでも微《かす》かに揺れる船の上では脳梗塞の後遺症で平衡感覚が衰え、水平に立っているのが難しいのです。私は横着で時化の時でもハーネスやライフジャケットを着けるのを怠っていましたが、ある時時化の中で甲板を這って作業をしていたら、大波のウォーターハンマーを喰《く》らって危うく落水しそうになり、ライフラインにしがみつき助かりましたが、今の私では当然海に落ちて死んでいたでしょう。それはベテランの私としては恥ずかしいし、傍迷惑にすぎます。故にも決心して今後オーシャンレースはあきらめ、愛艇を手放すことにしました。

幸い良い買い手がついて、長年育ててきたクルーごと引き渡すため、新しいオーナーと一緒に最後のクルージングに出かけましたが、あの時の切なさは愛している女と別れるよりも辛いものがありました。それは何と言おう、私の人生が引きはがされるような、切なくて淡く悲しい思いでした。

その時私がふと思ったのは自分が死ぬ時、私を看取《みと》っている家族との別れの切なさへの想像でした。

ともかく老いはいろいろな執着への断絶を強いてきますが、それに耐えて向かい合うことこそ自分一人でしか出来ない責任の履行であり、新しい生き甲斐への活路に違いありません。だから老いるということに耐えなければそのまま無気力に堕して、ぼろぼろに老いていくだけです。つまり耐えるということは耐えるということで、それに慣れていくということです。

いろいろ辛いことに耐えるという作業は頭の中の一番主要な脳幹が培う忍耐力に依るものですから、それを備えるためには老いても引きこもりしゃがみこむことなく、散歩にしろジムでのトレイニングにせよ、自分に鞭《むち》を当てて自らをしごくしかありません。

それを続けることで必ず新しい力が蓄積されていき、必ず生き甲斐が生じてくるものです。誰が言ったかは知らぬが、継続こそ力なのです。

老いは肉体の衰退に沿ってさまざまな決別を促します。それは人生の公理であって仕方ないし、それに耐えるしかありはしない。

前述したように、私は最近熱愛してきたヨットでのオーシャンレースから身を引きました。何度となく繰り返してきた「花の初島大島レース」を最後にレースをあきらめ、いくつかのレースで優勝してきた愛艇「コンテッサ」を手放しました。

脳梗塞の後遺症でバランス感覚を損ない揺れる船の上での作業がおぼつかなくなり、狭い船の上での転倒が危険で船出の動きにいちいちクルーの手を借りるのがみっともなく、荒れる海での作業は無理と心得てのことです。船の買い手を案内し最後の航海に出た間、心の中で泣いていました。

英語で船のジェンダーは女で、私の船の名も歴代コンテッサ（イタリア語で伯爵夫人の意）と呼ばれてきましたが、船との別れは女との別離に似て心に染みるものがありました。

以前の持ち船コンテッサ十一世は世界の名艇「タイガー」のシスターボートで無類に速い常勝の船でしたが、華奢《きやしや》な船体を顧みずに乱暴に乗りこなし過ぎたために船体に傷みが来て、決心の末に別れることにしました。九州に買い手が付き運ばれていくまで近くのクラブのハーバーに舫《もや》われていましたが、なんかのついでにそのクラブに用事で立ち寄った時、彼女の姿を見るのが忍びなくクラブハウスのテラスから目を逸《そ》らして、齢老いて別れた彼女を見ないで済ませたものでした。

私は日本外洋帆走協会の会長を長く務め、日本では初めて外国のレースにも参加

し、沖縄や小笠原からのレースも創設しましたし、太平洋横断レースにも二度参加して太平洋を渡りましたが、海は正しく私の人生の光背でした。

そして大型のオーシャンレーサーを手放すことでの、その海との決別は自分の人生に背を向ける思いでしたが、しかし老いた身を守り人生を生き抜くためには苦渋の選択でした。

長寿による老いは当然その代償を求めてくるものです。

それが人生の公理でもあります。そしてその公理に誰も逆らえるものではありません。

しかしある時、天はあの辛い別れの代償に素晴らしい贈物を授けてくれたものでした。

その年の暮れに近い二十八日に私は思い立ち、オーシャンレース用とは別に所持

している、かのアメリカズカップＪボートの設計者ハラショフ設計の十七フィートのディンギを仕立てて海に出ました。暮れに近い日とて海には大学クラブの船も釣り船も全く見当たらず、湘南の海は私一人のために果てなく広がっていました。私は生まれて初めて私の海を独り占めしたのです。それは何と言うべきか、絶対に近い孤独、たった私一人ながら全てに満ち足りて贅沢極まりない未曽有な充足感、この世界が今、私一人のために歴然として在るという強い実感、強い生命感、八十という年齢を超克した若々しい私自身の存在感でした。

そして齢をとるのもそう悪いものじゃないんだなと、ふと感じたものでした。

最近書庫を整理していたら古いアルバムが見つかり開いてみたら、私が結婚の直後、幸運にも物書きとして世に出た頃の写真ばかりがしまわれていました。その中にまだ子供を産む前の妻の初々しい写真が何枚も在りました。のろけではないが、

それはなんとも瑞々《みずみず》しい花のような少女の彼女でした。

その彼女ももう八十歳ですが、あの古いアルバムを久し振りに眺めた時、私はショックを受け原罪を覚えました。彼女の昔に比べてのあまりの変化は多少私の責任もあろうが、その咎はやはり時間です。

時間は誰にも止められはしない。そして誰しもそれに耐えるしかない、ということをあのアルバムを見直してつくづく感じました。感じてもどうしようもありはしませんが。

そしてその彼女は腹部の動脈瘤の手術のために入院しました。その七年前に彼女は心臓の大手術を受け、その後、骨粗鬆症《こつそしょうしょう》となり半年近くも入院を続け、またそんな有様です。人生にはいろいろあるというが、かつては花のような少女だった彼女の今の惨状を見ると、老いるということの惨めさを身に染みて感じない訳にはいきません。そのアルバムを手にしたまましばらくの間、立ち尽くしていました。

それでもなお、彼女も私も老いのもたらす無惨ともいえる変化を受け止め、生き続けなくてはならないのです。それこそが他に比べての高齢という大切な贈物をしてくれた神仏、あるいはご先祖への恩返しに他なりません。

それにしても老いは肉体の衰えとともにあきらめを呼び寄せたりもします。昔あった根気が薄れ、物事へのあきらめが忍び寄る。それは何としても退けなくてはならない。自分の若かった頃のことを思い、今の自分と相対化することは無意味な試みでしかありはしない。そういう気分になった時には、最近脚光を浴びているパラリンピックの選手たちを見直したらいい。

彼等に比べれば、老いたる者の背負った肉体的ハンディは知れたものでしかありはしまい。

生まれた時から五体満足ではなしに巨きなハンディキャップを背負った彼等が、

常人の出来ぬ作業に挑む姿を何と見ますか。ああした不屈の意志を人間は持つことが出来るということを彼等は見事に証してくれているのです。彼等が背負ったものに比べれば、老いなど何の苦にもならぬはずです。

まず、まだこうして生きているということに感謝しなくてはならぬはずです。

そこで私が思い出すのは私の敬愛した友人、まさに智の巨人ともいえた今は亡き渡部昇一さんのことです。彼は晩年いくつかの病魔に取りつかれていましたが、いつも矍鑠としていました。そしてさらに晩年転んで腕を折り治療に通っていましたが、会う度、「いやあ、痛いというのはありがたいことですな、つまり私はまだこうし

渡部昇一（一九三〇～二〇一七）●上智大学教授時代から専門の英語学・言語学を軸に幅広い評論活動を行った。『知的生活の方法』等、一般向け図書も数多く執筆。日本近現代史を巡る論争にも保守論客の立場から積極的に参加した。

て生きているという証しですからね」と淡々として言っていたものです。

あの境地は並の人間にはとても及ばぬものですが、努めて成るものではあるまいし、老いをかこつ者にとっての理想、究極の姿でしょう。彼はまさに人生の達人といえました。

老いは今まで可能だったいろいろな物事を不可能にしてはくれます。そのことの不本意さは当人にとっては一種の秘密で愚痴としてかこつしかないが、他人に打ち明けてもどうなるものではないから、忌ま忌ましく一人でかこつしかありません。

しかしそれも長くは続かないから、最後は己に言い聞かせ、あきらめるしかない。人はよく物事についての執着をあきらめるのは人生にとって役立つことだ、などと言うが、私はそうは思いません。

それは一時の安息を与えてくれるかもしれないが、所詮人生途中の道のりの中で

立ち止まることでしかありはしません。いや後退し、停滞することでしかありはしない。時間の経過とともに人生は常に前に流れ進むものなのだから、物事をあきらめ停滞することは一種の敗北でしかありはしません。

どんな些《さ》細《さい》な事柄でも一歩二歩前を目指して進もうと努めるところに生き甲斐が生まれ、いつも次の段階を目指し、それへの到達を願い努めることで活力が保たれるのです。散歩の距離を後わずか百メートル延ばそうとすることで筋肉が刺激され、体力が増してもくる。後もう一歩と努めることが人生を引き延ばすのです。

そう思いながら私が思い出すのは、最近亡くなったプロ野球の不滅の大投手金田正一のことです。彼とは山中

金田正一（一九三三〜二〇一九）●プロ野球界の空前絶後の大記録「四百勝達成投手」として知られ、数々の奪三振記録ももつ。国鉄スワローズ、読売ジャイアンツで活躍後、ロッテオリオンズの監督に。評論家としても一時代を築いた。

湖での別荘が隣り合わせのせいで親しくなり、毎夏一緒にゴルフをしたものでした。

　超飛ばし屋の彼だからホールマッチでいくつかハンディをもらって、最後に私が勝つと負け惜しみで彼が負けた分を払わずにまた明日勝負しようと言い逃れして、四日もそれが続いて最後には強引に取り立てて記念にお礼にサインさせたものだったが、彼の負けず嫌いは徹底したものだった。

　その彼はプレイ中でもしきりに足を大きく蹴上げたり、腕を振り回しトレイニングを欠かさなかった。そして左の腕をかざし、「これや、この腕で俺は日本のプロ野球のために何十億も稼いでやったんやで」と誇らしげに言っていたものでした。

　その彼が孤軍奮闘してほとんど彼一人で支えていた国鉄スワローズをやめて常勝の読売ジャイアンツに入った時、私はぼろ糞《くそ》にそれを非難し書きました。ヘミングウェイの名言「勝者には何もやるな」と添えて。

　そうしたらすぐに私の自宅に電話がかかってきて、彼が、

「あんた、なんで俺にそんなに厳しいんや」

と愚痴るから、

「それはあんたが天下の金田正一だからだよ」

と答えたものでした。

その後、彼は勝利を重ね、大記録の四百勝まで後一歩というところでさすがに齢のせいか喘《あえ》いで足踏みしていましたが、三百九十九勝を上げた夜、偶然に銀座のバーで出会ったものでした。その時はしゃぎ切って「来年は十五勝上げたるぜ」と喚《わめ》いている彼に、それが妙に痛ましく、

「あんたはじきに四百勝を上げるだろうけどな、それでもうすっぱり引退するべきだよ。必ずそうしてくれよな」

言ったら、

「あんた、なんでいつも俺に厳しいんや」

問われたので、

「それはあんたが素晴らしいからだよ」

と答えたものでした。

そして彼が見事に前人未到の記録を達成した夜、彼から電話がかかってきました。

「おい、あんたに言われたとおり俺はやめるで」

「ああ聞いたよ、これで本当によかった。これであんたは本当に不世出の名投手になったんだよ」

と私も心からおめでとうと祝いを述べました。

そうしたら彼が、

「俺はなあ、野球のことしか知らんのや。何かで戦っていないと身がもたんのよ。この先何をしたらいいんかなあ」

ぼやいて言うので、すぐ思いついて、

「テニスの選手になってくれよ。あんたなら、すぐに日本のチャンピオンになれるぜ」

その頃、私はテニスを始めていて仲間内では長身の私のサービスはちょっとしたものでしたが、ゴルフで見せる彼のショットの魅力をテニスのサービスに置き換えて想像すれば胸ときめくものがありました。多分強力なサービスで並み居る有名選手を撫《な》で斬りにするでしょう。私がそう言うと、

「そうかテニスか、それも悪くないわなあ」

まんざらでもなさそうに言うので、

「頼むよ、今度はテニスで皆を沸かせてくれよ」

「そうか、やってみるかあ」

言うので私も胸をときめかして、

「やってみてくれよ、そうしたら偉いことになるぜ」

言ったら、

「時にな、テニスというのは金になるんかいな」

いきなり問われたので、

「それはとても野球ほどのものにはならないな」

言ったら、

「なんや金にはならんのか、それならあかんわ」

すぐに答えが返り、私の夢はつぶれました。

それにしても野球をやめた後も、老いてもなお何かで戦っていたいと願う男の心情は素晴らしいと思う。それは老いてもなお残りの人生に新しい生き甲斐をもたらしてくれるはずだと思います。

老いても何か新しいもの、趣味にしろ新しい運動にせよ、新しいものを試みる姿勢は必ずや新しい生き甲斐をもたらしてくれるものです。

第六章　過去への郷愁

私は少し前に世の中に出てからの回想録を書き終えましたが、八十半ばを過ぎたこの頃になると、はるか以前の諸々が懐かしく、強い印象で回想されてくるのです。

特に幼い頃に体験した戦争に関する印象。さらに敗戦の後の貧困と混乱。さらに子供ながらに被った占領軍による屈辱。それらの体験は成人してからよりも強く身に染み込んでいき、作家になってから、さらに政治家になってからの私の意識の根底に在って私の言動を規定し形作ってきたのが、今さらに分かります。

あの頃太平洋戦争は既に始まってい、シンガポール陥落を祝って子供たちに軟式

のゴムボールが配られたのは私が小学四年生の時だったが、以来戦局は下り坂で空襲警報の度、近くの洞穴に付近の全員が頻繁に避難を強いられるようになりました。

首都圏への空襲も頻繁になり、敵の新型爆撃機Ｂ29が我が物顔で飛来し、台地の上にある我家からは、空襲で燃え上がる東京や横浜や平塚の炎が夜は空を焦がしてよく見られた。空襲は昼間もあり、事を済ませて悠々飛び去るＢ29が高射砲や普通の戦闘機の及ばぬ成層圏を白い飛行機雲を引いていくのを歯噛みして見送るしかなかった。父に言わせると、あれは最早飛行機というよりも新兵器ともいえる代物で、無念ながら手の出しようがないと。

それをどう受け止めていいのか分からぬ内に、この国の多くの部分が焦土と化していました。

ある夜、今までになく東京の空が大きく激しく燃え上がるのを見たが、翌日の知らせでは最早制空権を失った日本の空をあのＢ29が超低空の高度二千メートルで飛

来し、東京の下町を全焼させ、後に聞けば一夜で十万人の都民を焼き殺してしまったそうな。

後年知ったことだが、あの非人道的爆撃計画をアメリカ空軍の参謀たちはためらったといい、司令官のルメー少将が有色人種を蔑視して敢行させたという。

私が屈辱と怒りを込めた心外を感じたのは、後日の新聞の無惨な焼け跡を視察する天皇の写真でした。革の長靴を履いて軍刀をぶら下げ白い手袋をして焼け跡を歩き回る彼の姿は、相変わらず尊大で悲痛な表情など覗《うかが》えもしなかった。

それから間もなく勤労動員の出先で、つい先刻広島に強力な新型爆弾が落とされたという噂を聞かされました。なんでもそれはその頃、写真屋が記念撮影の時に使うマグネシウムの煙に似たものだと。

その翌日、勤労動員に出かける前の私を父が呼び止め、この戦争はもうすぐに終わる、今日は無駄になるから行くなと命じてくれました。汽船屋の父なりの情報があったのでしょう。

そしてその翌日に天皇の戦争終結の玉音放送なるものを聞かされました。不備なラジオから伝わってくる、初めて聞かされる天皇の、あのちょび髭《ひげ》をつけ白馬に跨《またが》り神様と崇《あが》められていた男の奇矯な声に驚き、幻滅したのを覚えています。今さらながら、「これからは敢《あ》えて太平の世を開きたい」という男のために、私の妻の、新婚早々だった父はまだ妻のお腹《なか》の中にいた娘の顔も見られず戦死し、あの上原の従兄弟たちも死んでいったのかとしみじみ思ったものです。

敗戦がもたらした新しい為政者が強いた屈辱は多々あった。象徴的だったのは戦争中、海軍士官たちの親睦団体・水交社のために川のほとりに建てられた建物が戦

後はアメリカ兵のための売春宿となり、以前は戦死した将校の遺骨の家族への伝達式に使われていた建物の前で、日中から半裸の女たちがアメリカ兵たちと路上でふざけ散らしている始末でした。

そんな頃の九月のある暑い日、下校し駅から歩いて帰る途中の商店街の通りを若いアメリカ兵が二人、アイスキャンディをしゃぶりながら大手を振って歩いてきた。町の人たちは遠慮して店の軒先に身を寄せて見守っていたが、それをいい気にして彼等は胸を張り歩いてくる。小癪《こしゃく》に思った私は彼等に倣って道の真ん中を構わず歩いて行きすれ違ったが、その瞬間、相手の一人が手にしていたアイスキャンディで私の頬を殴りつけました。手にしていた物の氷が割れて散っただけだったが、それを見ていた人たちは固唾《かたず》を呑《の》んだようでした。

翌日の登校時にいつもの電車に乗ろうとした私に通勤のおじさんたちが心配して声をかけてくれました。私がアメリカ兵に殴られ大怪我をしたとまで噂が広がって

いたそうな。

しかし事はそれで済まずに十日ほどして私は教員室に呼び出され、なんで馬鹿なことをする、学校に迷惑がかかったらどうするのだ、と叱責されたものでした。私は反発し、あなたたちは去年までは国のために戦って立派に死ね、と教えていたではないかと言い返してやった。その時、中の一人、復員帰りの先生が引き取り私の肩を抱いて、「戦に負けるというのはこういうことなんだよ。我慢して耐えろ」と諭《さと》してくれたものだが。

その頃のある日、駅に降り立った私たちに、専用車に乗っていたアメリカ兵が窓からチョコレートやガムを投げて与えてきた。みんなはあさましくそれを拾ったが、私は黙ってそれを眺めていたものだった。それに気づいたある男が後ろめたそうに、手にしていたチョコレートを半分に折って私に押しつけた。それを手にしたまま駅を出て、いつもの道を回り道して人気のない所まで来て周りを確かめ、手にしてい

たものを口にしてみた。
それは鮮烈に甘く、口の中でとろけていきました。その瞬間、私が突然思い出したのは、あの上原の従兄弟が死地に赴く時、母が作った塩味のおはぎのことでした。

飢えた国民は食糧の調達に苦労し、共産党は食糧デモをし、「朕はタラフク食ってるぞ、ナンジ人民飢えて死ね」などとあざとい宣伝文句で国民を煽《あお》ってもいました。

そして我家にも突然の大きな変化がもたらされた。高血圧で悩んでいた父が会議中に脳出血で急死し、家はたちまち貧困に陥りました。
不定期航路のトランパーの配船の名人とされていた父を惜しんで会社からの弔慰金や、残された私たち兄弟への同僚たちからの心づくしの義援金まであったが、金持ちの子弟の多い慶應高校に通っていた弟が仲間づきあいでの見栄で家の金を勝手

に持ち出して浪費し、家計はみるみる傾いていった。家の財産は当時銀行などなかった逗子の町とて全て郵便貯金だったが、それを引き出すのに竹製の三文判で事足りたので、母が気づいて判を隠しても彼は町の判子屋で新しい判を作って平気で金を引き出し浪費してしまう。

家での貧しい夕食の折、母が愚痴まじりに弟を説教しても、彼は聞いているふりをしながら片方の手でラジオを小さくかけながら聞き流している始末でした。

案じた母が父の上司だった社長の二神範蔵《ふたがみのりぞう》さんに相談してもどうにもならない。心配した二神さんがある時私を捕らえて、「君は新しい家長として将来どこの大学に進み、何になるつもりなのだ」と質すので、私はかねて憧れていた京都大学の仏文に行くつもりだと答えたものでした。

そうしたら、文学部などとんでもない。文学部など出てもろくな就職は出来ない。それではとても家族を養うことなど出来はしないぞと諭されました。

なんでもその頃の新卒の給料は一万三千円程度だそうで、それではとても家族を養えない。しかし最近新しい職制が出来て、それに合格すれば最低二十万円を超す給料がとれる。君なら努力すればその資格が取れるだろうから、それを志しなさいと言われたものでした。世の中にそんなぼろい商売があるものかと質したら、公認会計士の制度だという。

その頃の風潮としては弁護士の資格を多く取る大学は神田の中央大学だったが、神田に好きな本を買いに行く度見ていたあの大学の印象はあまりぱっとせず、中央大学は嫌ですと言ったら、いや私の母校の一橋大学なら大丈夫だと諭され、京都大学はあきらめて、家を支えるために公認会計士なる見知らぬ仕事を選ぶことにしたものでした。

そしてその選択は結果として私の運命を決めることになったものだった。使命感から入学して半年間は私なりに会計学を懸命に勉強したが、結局、私にとってこんなに屈辱で不似合いな学問はないと断じてやめてしまった。しかしそれでもその基礎知識は後年、都知事となり、東京の財政再建のためにかなり役に立つことにはなったものでしたが。

まあ何にしろ、半年の間の懸命の努力は必ず何かの役には立つものです。

一橋大学への入学は私にとって僥倖《ぎょうこう》だった。官学の中の私学ともいわれる一橋は学生の数も極めて少なくアットホームで、気の置けぬ雰囲気だった。それ故に父の死後、貧乏に陥った負い目からの解放感がひとしおでした。

終戦後の貧困は、私が幸いにも入ることの出来た学生寮にも徹底してあって、あの体験は贅沢を享受できるようになったこの今になると、なんとも懐かしく楽しいものです。

私が潜り込むことの出来たのは、以前の各運動部の部室を改良した一番粗末な建物で、大部屋を棟割りで仕切った二階の相部屋で、冬には北風が吹きつけ粗末な窓の隙間から雪が吹き込み、朝は枕元に薄く雪が積もっているような有様だった。しかも暖房施設もなく、冬の一シーズンに各部屋に炭俵が一つ支給され、それでなんとか凌いだものです。

私は後に申請した就学助成金をもらえることになり、加えてよほどの貧困学生には適用される学費免除を申請したら、父のいない母子家庭ということで承認され、なんのことはない、極安の寮費を家庭教師のアルバイト代で納めれば、ただで学校に通っているという有様でした。そう聞けば私が成績抜群の者にも聞こえようが。

今思えば当節の若者たちには想像もつかない最低底辺の暮らしぶりでしょうが、それでも慣れれば快適なもので、神経質な私も枕元で仲間が大声で話し込んでいても平気で一人で眠れるようにもなったものです。

あの頃、若い未熟な誰しもが貧困の中で食べ物と異性に憧れ飢えていたものだが、私たちの寮の入り口の壁に誰が書いたのか、おそらく仲間に足を押さえさせながら逆さ吊りで書いたに違いない「ああ悦っちゃん」という大書の落書きがあった。あれは未熟な青春の憧れを表象する心に染みるものでした。

そこで絵には自信のあった私が部屋の板壁に若い女の全裸を墨で描き、「ああ君よ、我らが視《し》姦《かん》に耐える永遠の処女よ」と大書したら寮中で評判になり、引きもきれぬ来客に悩まされたものです。聞けば、ある時部屋が留守の折にやってきて、その絵を眺めながらマスタベイションをした男までいたそうな。

ともかくあの頃、誰もが性と食べ物に飢えていました。ある時、甘いものほしさにある男が購買部に行って、そこのかなり美人な女の子にキャラメルをばらで七個買い求めたら、彼の貧乏に同情した相手が袋に二つ多く入れて渡してくれ、部屋に戻ってそれを確かめた男があいつはこの俺に気があるんだと狂喜して言いふらしたそうな。

この私もある時、空腹と甘いものほしさに手元に残っていた十五円で何を買うか迷ったものです。当時の菓子パンでの贅沢はカレーパンで十二円、しかしそれでは二つは手には出来ない。迷った末に十円のジャムパンと五円の甘食パンで我慢したものでした。

私たちが飢えていたのは性や食べ物だけではなしに、我々の人生を支えてくれる確かな思考に誘《いざな》う思想でした。

戦後の貧困と荒廃の隙に安易な革命願望が忍び込み、左翼陣営は手を替え品を替えて若者を取りこもうとして手を伸ばし、寮の仲間も何人か洗脳された揚げ句に挫折し、ある者は東京駅で飛び込み自殺し、ある者は行方不明の後に東北の山中で革命用の武器を製造中に仲間割れで殺され、白骨となって発見されていました。

私は高校時代に民学同なる者に勧誘され、彼等の英雄・片山潜なる男の『搾取なき社会への熱情』なる退屈なテキストを既に読まされていましたが、片方でアンドレ・ジイドに行き合い、彼の精錬な情熱の書『地の糧』に激しく魅了され、革命どころではなくなっていました。


貧乏を満喫した大学在学中に、私の人生にとって大切な者たちとの出会いがいくつもありました。

その第一は後に私と一緒に東宝の助監督の試験を受け、後に監督ともなった西村潔だった。彼と出会わなかったなら私は物書きにはなっていなかったことだろう。寡黙で勉強家の彼は在学中にも私にユングとかキューブラー＝ロスなどという未知の才能と出会わせてくれたものでした。

その彼に誘われ、かつて伊藤整や瀬沼茂樹たちが創刊した『一橋文芸』の復刊グループに加わったのが私の人生を決めることになりました。復刊号の一応の体裁は整ったが、最後に百枚ほどの原稿が足りず、主幹の西村が私に穴埋めの原稿を書けと依頼してきて書いた生まれて初めての小説『灰色の教室』が『文學界』誌で激賞され、それがきっかけで次の作品『太陽の季節』を書く気になり、毀誉褒貶《きよほうへん》の中で芥川賞を得て、私は物書きとして世に出ることになりました。

　最初のわずかな印税で早速、電気洗濯機を買って母に贈りました。父の没後、最早家政婦もおらず、私たち兄弟や弟の連れこむ友達の汚れた下着を風呂場の盥《たらい》で洗濯板を使って洗ってくれていた母親が哀れで思い立ったが、涙して感謝してくれる母を見て、親孝行の醍醐味《だいごみ》を味わい、物書きも仕事としてそう悪くはないものだと思ったものです。

私の人生の変化にともなって世の中の風潮にも変化が兆していました。新しい為政者への畏怖の屈辱からようやく解放された兆しが、大衆の熱中する流行歌の文句の変化に表れてきた。人気歌手・岡晴夫のヒット曲『東京の花売娘』の歌詞の「ジャズが流れるホールの灯影（中略）粋なジャンパーのアメリカ兵の影を追うよな甘い風」が、いつの間にか「粋なジャンパーの囁《ささや》く君の」に変わっていたものでした。

さらに時代の変化を象徴するように吉田正の傑作『有楽町で逢《あ》いましょう』が、この世がようやく貧困と混乱による低迷を脱して新しい消費の時代に入ったことを証してくれていた。そして私が毀誉褒貶の中で芥川賞をもらった年の経済白書の書き出しは「もはや『戦後』ではない」でした。

その年からこの私の人生は始まってきたのだが、しかしその前にこの国のジェットコースターのような浮き沈みの激しい推移があったのを、この私は私なりの目で眺め、その意識こそが今、私の思考なり行動の全てを規制しているということを、この齢になってますます強く感じない訳にはいかないでいるものです。

経済白書の名文句「もはや『戦後』ではない」のとおり、戦後というトラウマからのあの時代の解放感は他の大人たちより私たち世代の若者により強く、文壇ではまだなおインテリとしての戦争への過剰な責任感に依る自己反省がある種のファッションとして横行し、戦争中、無言で通した小林秀雄さんに食ってかかった新鋭の評論家たちが、歴史の流れに対して所詮無力な人間を説いて居直る小林さんに一蹴されて引き下がる喜劇もあったりしたが、私と同じ世代の若者たちは貧困ながらも戦争の恐怖からの解放を満喫しながら、それぞれの主張を臆せずに通し、それぞれの分野で今思えば素晴らしい芸術家たちを輩出してきたものでした。

文学の世界では開高健、大江健三郎、谷川俊太郎、有吉佐和子、曽野綾子。映画の世界では篠田正浩、吉田喜重、大島渚。そして音楽では武満徹と、まさに百花繚《ひゃっかりょう》乱《らん》の有様となったものだった。

戦争のもたらす貧困と抑圧が、その解除の後に人間の感性をこれほど自由に解き放ち、新しい果実として実らせるかを、あの痛酷の時代こそがもたらしてくれたということを、私たちごく限られた時代の者たちが身に染みて知っているというのは新しい世代論の根拠となるかもしれない。

そしてこれらの体験はこの齢になってからの私のこれからの、いつかは死ぬまでの老いの人生を支え、規定もしてくれるに違いありません。そしてそうした思い出をここに記すことも、私の老いてこその生き甲斐になっているのかもしれません。

つい先日、大学でのクラス仲間の恒例の忘年会を行いましたが、当然過ぎた年月からしてその出席者数は少なく、去年までの常連の顔が減っていて感慨無量のものでした。

誰かがしみじみ「あっという間の人生だったなあ」と慨嘆していたもので、つくづく同感した私に誰かが「お前なんぞ、したいことをし放題してきたくせに。もう未練なんぞないだろうに」と言ってくれたが、思い返してみたら繰り返してみたいことだらけでした。

その中には互いに我を張って、最後は喧嘩《けんか》別れしてしまった中国人の彼女もいた。ある物にも書いたが、大事なヨットレースの直前、別れを告げに来た彼女とレースとを天秤《てんびん》にかけ、彼女をあきらめてレースを取った苦い思い出なんぞ、それきり二度と会えることなく過ぎた空疎な年月を思うと、もしあの時に立ち返ることが出来たならと空《むな》しく想います。

さらには、世の中に出始めた頃チヤホヤされ、映画に出たり娯楽小説を書きまくったりしている間、アメリカの有数出版社ハーコットブレイスからの、あなたの作品を翻訳してアメリカで出したいという申し出の手紙を忙しさにかまけてないがしろにしてしまい、最後に相手から「あなたにはこちらの申し出を聞く誠意が全くない。もってこれを最後通牒《さいごつうちょう》とする」と怒りを込めた手紙が送られてきて、読んで愕《がく》然《ぜん》としたものでした。

あの時、相手の言い分に耳を傾けていたら、私の作家としての国際的地位はかなり違ったものになっていたに違いありません。

若気の至りでは済ませきれぬものがありますが、これも運命としてあきらめるしかありません。その代わりに得たものとの比較は所詮空しい限りで、国際的なクレジットを勝ち得ている大江健三郎君とか村上春樹君に比べての今の私の立ち位置に焦っても、どうしようもない話ですが。

『青春時代』という歌の文句ではないが、「青春時代が夢なんて後からほのぼの思うもの　青春時代の真ん中は胸にとげさすことばかり」というのが実感で、今さらそれを悔いてもどうなるものでありはしない。

人生は急いで歩いているつもりの私の横を急行列車のように通り過ぎていってしまったのです。

老いは誰にとっても必ず懐旧をもたらします。昔はああだった、こうだった、ものだったというノスタルジーは甘美ではあっても、あくまでも現実にどう働きかけもしはしません。懐旧は所詮白昼に見る夢でしかありはしない。

私は昔熱愛したある女性の夢をよく見ます。何度も見るのですがいつも同じパターンで、言い合わせてどこかで会う約束をして出かけるがいつもすれ違いで出会うことがない。夢の中での錯覚で、行き慣れているどこかのアパートの来慣れている廊下を歩いて彼女の部屋の前に立ってノックしても返事がない。おかしいなと思って廊下から下を覗《のぞ》くと、何と待ち受けているはずの彼女が玄関を出て建物から立ち去っていくのが見える。

またある夢で、ようやく出会ってどこかの旅館の部屋に通され、彼女を抱きしめようとすると、何と通された部屋の窓ががら開きで側の道を通る通行人の姿が丸見えで何も出来ない。ああした夢は懐旧の無駄というか、空しさを如実に突きつけ教えてくれるような気がします。

私はこの頃むかし創設に関わった日生劇場での私のオリジナルミュージカル『焔《ほのお》のカーブ』のために作った歌を口ずさむことがあるが、気づいて慌ててやめてしまいます。その歌は『昔のブルース』という題で、山本直純の作曲でなかなかのものだったが、歌詞の一部は「ああ、みんな、みんな昔のブルースだ」というもので、一時世間でも流行りだしたほどのものでしたが、そんな歌をこの今頃口ずさむ自分が疎ましい。

まさに過去はいかに楽しく美しくても、所詮過去でしかありはしないし、いくら思い出してみてもブルーでしかありはしません。

ちなみに私がよく夢で見て思い出す彼女は花形の舞台女優だったが、劇団の次の公演のキャンペーンのために地方に出向く途中に起こした自動車事故のショックでアルツハイマー病になってしまい、最後は完全に記憶を失って若くして亡くなりました。そんな彼女が何度となくああした形で夢の中に現れてくるのはどういうことでしょうか。

夢というのは不思議なもので、夢によっては予見性や予感性を備えていることがあります。最近、私は自分の死や他人の死に関して奇妙な体験をしました。

一つは私が国のためにならぬ、けしからぬ誰かを続けて何人か拳銃で射殺してしまい、死刑になった後、私の家に弔問にやってくる仲間たちの言い分を二階の高さくらいの宙空から眺めおろして聞きとっているという摩訶《まか》不思議な夢でした。あれは多分、織田信長が愛吟したという「死のふは一定　しのび草には何をしよぞ　一定かたりをこすよの」という小唄の、「死んだらみんな勝手なことを言うだろう」というシニックな文句への共感のせいだったに違いありません。

それにしても死んだ私が私としての自覚で、死後の私への他人の言及を眺めて聞きとっているというのは、夢ならではのことで、夢の織りなす妙味というよりない。

あんな夢を見るというのも私もいい齢になったので、そろそろ自分の死について予感しだしたということかもしれません。前にも述べたとおり、何しろ死は人間にとって最後の未知、最後の未来だし、誰しもいつかは死ぬということは知れたことだから、誰しも意識、無意識に死については予感しているに違いありません。

また違う日に、ある不思議な夢を見ました。そしてその余韻として思いもかけぬことが翌日に到来したものでした。

その前夜、昔馴染みのある人物と一緒に風呂に入っている夢を見た。どこかの宿屋の風呂に入ろうとして行ってみたら、先客が風呂場の中にいて、それがどういうことか昔馴染みの政治家の田村元《たむらはじめ》さんだった。彼とは福田赳夫内閣でともに閣僚を務め、予算委員会ではいつも隣に座り合わせていて、暇な折りには雑談に花を咲かせていたものでした。

その彼と思いもかけず同じ宿の風呂に入るというのは夢にしても唐突で、夢から醒《さ》めた後、夢にしても不思議な再会に首を傾《かし》げながら、「ああ、元さんはもう亡くなっているのだな」と思い直したものだった。私よりずっと齢の上の先輩だから不思議はなかろうが、それにしても唐突な夢の仕組みに考えさせられたものです。

ところが、人間の「死」なる符丁は夢の中でどう繋がっているのかしらぬが、その翌朝とんでもないことを報されたものでした。

それは誰ならぬ、この私自身の訃報だった。朝遅く起きた私にお手伝いさんが言うには、今朝ほど朝日新聞の記者が突然やってきて、「お宅のご主人の石原さんが亡くなったということですが、いつ頃のことでしょうか」と質してきたそうな。驚いた彼女が私の寝室を覗いてみたら、当の私はまだ寝息を立てて眠っていたものでした。

出所がどこかは知らぬが、その情報はたちまち広がって私の親友、幻冬舎の見城社長の耳にも伝わり、驚いた彼が私の秘書の家に電話して質したら、彼女も仰天して、「いえ、昨日の夕方までは、たしかに生きていましたが……」と答え、急いで確認してもらった安否を聞いて彼も胸をなでおろしてくれたそうな。

こういうガセネタ騒ぎは逆に縁起がいいと言ってくれる者もいるが、当人にしてみると、どうもあまり気持ちのいいものではありません。

私自身も八十七という齢になってみれば、いつ迎えが来るかと日頃考えがちだが、これだけは自分で決めるものでもありはしないし、まして見知らぬ他人に決められるべきものでもありはしません。

しかし重ねて見た夢の中での「死の連鎖」は妙に暗示的で、人間にとってのまさに最後の未知、最後の未来の意味の深さを暗示してくれているような気がしてなりません。

とにかくこの私は夢ではなしに、現実のこの世で何者かの手によって一度殺され、また蘇ったのだから、この気分は何とも言いがたい。だから、これからは以前よりもずっと強かに、切られ与三郎ではないが強かに生きていきたいものです。

誰かは知らぬが私を呪ってか、ガセネタで私を殺した相手に、昔流行った玄治店《げんやだな》の歌ではないが聞かせてやりたいものだ。

「死んだはずだよお富さん　生きていたとはお釈迦様でも　知らぬ仏のお富さん」ではないが、「死んだはずだよ慎太郎さん　生きていたとはお釈迦様でも知らぬ仏の」と。

思い返してみれば、二度と繰り返したくない出来事も、今ではまたやってもいいくらいの懐かしさはあります。

私から発案して行った前人未踏のマリアナ列島のダイビング踏査で、焦って船から落ちて背中を打ち、肋骨《ろっこつ》を三本折ってグアムの病院に運び込まれるまでの五日間の痛みと恐怖の体験は、この体でも出来るならもう一度繰り返してもいいくらいだ。それも老いてこその強がりでしょうに。

いずれにせよ、老いてからの懐旧は所詮何ももたらしてくれもしませんが、私の意志の根底に在って私を形作ってきたものには違いありません。

第七章　人生の配当

私は二〇一九年八十七歳になり、一族集まってお祝いの会食をしました。子供は三人集まったが集まりの主体は孫たちの印象で、彼等の大騒ぎを眺めているともう誰のための集まりか分からぬ体たらくで、家内と早々に引き上げました。我家にも代替わりの時が来たのだなという実感でした。

しかしそれもまた嬉しい話ですが、となれば私としても彼等が成人した頃のことを考えなくてはならず、これはまた新しい心配の種です。それはこの国のこれからの国際的な立場も含めて、そう楽観できたものではあり得まい。

地球の温暖化は歯止めが利かず、世紀末には平均気温は四度も上がるという。それは人間も含めて地上の生物たちにとって致命的なことかもしれません。

それを思い量ることも私たち世代の責任であり、新しい生き甲斐といえるのかもしれません。

そう思う時、私は今から四十年前に東京のよみうりホールで聞いた、あのブラックホールの蒸発を発見した天才物理学者、スティーブン・ホーキングの予言を思い返さぬ訳にはいきません。

ホーキングは若くして筋萎縮性側索硬化症という業病に取りつかれ、若死にを宣告されましたが、なんとか持ちこたえ、次々に素晴らしい発見をして世界を驚かせま

スティーブン・ホーキング（一九四二〜二〇一八）●イギリスの理論物理学者。ブラックホールの特異点定理の発表（一九六三年）等により、アインシュタイン以来の天才宇宙物理学者とも。持病のALSと闘い続けた「車椅子の天才物理学者」としても著名。

した。日本での講演も機械を使っての人工声で行われましたが、最後に質問が許され、誰かが、この地球のように数多くの生命体が存在し、進んだ文明を備えた惑星がこの宇宙にいくらくらいあるかと問うたのへ、彼は即座に二百万と答えました。

そして次の質問者が、それだけの数の進んだ惑星がありながら、それらの星から宇宙船に乗って人間以外の生き物が実際にやってこないのはどうしてだろうかと質したら、これまた彼が即座に、そうした文明の進んだ星は自然の循環が狂ってしまい、住んでいる生命体は無限に近い宇宙時間からすれば瞬間的に消滅してしまうからだと答えたものでした。

そこで私が、あなたの言う宇宙時間からすれば、瞬間的という時間はこの地球時間でいうとどれほどの長さですかと質したら、彼は即座に百年と答えたものでした。

彼がそう答えたのは四十年前、とすれば残された時間は後六十年ということになりますが、彼は神様でありはしないし、その予言が当たらないことを祈るしかありません。

もっとも業病に取りつかれて余命いくばくもないといわれていたホーキングもその後子供を三人つくり、奥さんとも別れてしまい、新しい看護師と再婚までしたそうですから。

しかし彼の生き様は、老いをかこっている者たちにとっては極めて暗示的というか、勇気を与えてくれるものだと思います。

業病に立ち向かい戦い続けて、それを克服し乗り切るほうがいたずらに老いをかこつよりもはるかに至難のことに違いない。神様が彼の才能を惜しんで命を保たせたというのなら、才能の差はあろうが私たちそれぞれを選んでこの世に生を与えてくれたもの、他の何よりも自らの先祖に対する報恩と責任からして老いをかこって生き抜くことから尻込みしてしまうのは忘恩としか言いようがありません。

齢を重ねるということは経験の蓄積であって、それは一族だけでなしに人間全体にとっても貴重なものです。それを自覚することは老いてからの生き甲斐を育むよすがにもなり得ます。

私自身ある困難な仕事を通じて、老いてならではの自分の成熟を悟り、密かに満足したものでした。

それは私のライフワークである本邦初めての法華経の現代語訳の最中に、二十八巻ある章の中の白眉十六番の如来寿量品《にょらいじゅりょうほん》の含蓄に満ちた内容の翻訳による解説に際して、若い頃生半可に読んだカントやアリストテレスの哲学書の意味が、彼等よりもはるか昔に教えを説いたお釈迦様が実は彼等をはるかに超えた深遠な哲学を説かれていたのが、心に染み入るように理解できました。あの経験は、俺はなまじに齢をとったのではないなという自覚でした。

それだけではなしに、あの中で仏の教えがあまねく伝播《でんぱ》していく広がりの表現が、実は宇宙そのものの広がりを意味しているのだということを、私の海での体験に妙な連想で悟ることが出来ました。

あれはある夏のこと、遊びのために沖縄に持っていっていたヨットをホームポートに持ち帰るために、追っ手の風に乗ってトカラ列島を北上している最中の、乾いた追っ手の夜風に雲が吹き払われ、澄み切った空に都会では見られぬ満天の星がひしめいて見られ、ハッブル宇宙望遠鏡が百数十億光年離れた星までを見つけたという無限の宇宙なるものが実感できましたが、仏が何千年前に説いた教えの中で無限の時間の流れの中での人間の存在のはかなさ、それ故の尊さへの自覚がお経の神髄に繋がり、お経の翻訳への自信を与えてくれたものです。

それはこの俺も、生きて来てよかったなというささやかな満足をもたらしてもくれました。

さらには、それは老いが与えてくれる知恵、とまではいかぬが、長年生きて来たことによる成熟とはいえるでしょう。それは若い人間たちには及ばぬ、長い人生からの配当といえるのかもしれません。

そしてその配当を死に至るまで、いかに上手く利用し自己満足して過ごすかが、老いてこその生き甲斐の妙味といえるでしょう。


私の誕生日祝いに集まった孫たちの賑《にぎ》わいを眺めていると、まさに世代の交替なるものをしみじみ感じぬ訳にいきません。私の次の世代は当然息子たち四人ですが、彼等が彼等なりに一応仕上がり、それぞれ活躍している今、彼等の子供たちが私の血筋を引いて登場し、それぞれ彼等なりの可能性を示して世の中に進み出ようとしているのを見ると、今また老いての新しい生き甲斐を与えられたのがしみじみ感じられます。

最年長の孫の幸子は猛勉強して一度で司法試験に合格し、今は版権問題の訴訟専門の弁護士事務所で活躍している現役最前線の弁護士で、その下の里絵子はある大銀行の役員コースのキャリアウーマンです。女の子を持てなかった私にとって彼女たちは異邦人のような存在ですが、仕事熱心な彼女たちがいつ結婚するのかが私にとっては未曾有の心配ごとでもあります。

心配といえば弁護士の試験を受ける前、死にもの狂いの勉強をしていた幸子が受験した時、もし不合格ならどんなにショックを受け悩むことだろうかと心配で心配でたまりませんでした。人生の中であんなに心配したことはなかったが、合格と知らされた時は正直涙が出ました。

その下の弟の信弥は大学三年生、三段の腕前を持つ剣道部員で、来年は四段を受ける資格をもらえるので期待しているが、

「剣道はいいスポーツだ。傘一本あったらどんな喧嘩にも勝てるからな」

と言った私を鼻で笑う始末でした。

次男の娘の舞子はその名のとおりバレエの名手で、スクールの発表会で一人だけセミプロを相手に取りを踊りましたが、感動した私が思わずスタンディングオベーションで「ブラボー！」と叫んだら、気取った周りの観客の顰蹙を買う始末でした。いずれにせよ、これこそ密かに怯《おび》え恐れていた老いがもたらしてくれた人生の配当というべきかもしれません。

しかし人は死ぬ。私もまた必ず死にます。老いの中でそれにどう向き合うかが問題なのです。それが老いてからの人生を満たしもするし損ないもします。

精神分析学者のジャック・ラカンは「死への意識は人間にとって新しい現実への認識を促進する」と言っているが、それは人生に関しての紛れもなく正確な認識であり、真の生き甲斐への回路でもあります。

ラカンの言う新しい現実とはいろいろあります。

例えば若い頃聞かされ、いい気持ちになったお世辞やへつらいがこの今になるといかにも見え透いたものだったのが分かるし、何かで人にへつらってものを言う気にはなれない。世の中にいかに偽善が多いかがすぐに見え透いてよく分かる。それは遅れ馳《ば》せかもしれないが、人間のひしめく世間なるものの実態への正しく醒めた理解と認識であって、子供たちへの良き助言ともなるし、効率の良い人生を展開させてくれるに違いない。

世の中には他人の人生に踏み込んで己の望みを遂げようとする詐欺横領が絶えないが、それを未然に防ぐ世才が備わるもので、それは一族にとっては年寄りの知恵として貴重なものです。

最近は他人の資産を狙《ねら》って手の込んだオレオレ詐欺なるものが氾濫しているが、それを見破って未然に防ぐ事例が報道されてい、騙《だま》されるのは高齢の年寄り、それも孤独をかこつ老齢者が多いが、今日の社会構造がもたらした現象で、相談する相手が乏しいなら、老いた者同士の経験に照らした協力で防ぎきることは出来ないものだろうか。

いずれにせよ今日の家族構成に問題があるのであって、家族は狭い家だろうとも三代が一緒に住むのが理想であって、それで初めて老いたる祖父や祖母のさまざまな知恵が生かされ、年寄りたちの人生の知恵が生かされ、老いた人の生き甲斐もあり得るはずです。

私たち夫婦が結婚して初めて男の子を持った時、一緒に住んでいた親のお陰でどれほど助かったことか。

長男の伸晃は赤ん坊の頃、初産のせいで母親の体毒が染み出て頭をびっくりするほど吹き出物の暈《かさ》が覆っていましたが、母はなまじの薬などをつけずに根気よくオリーブオイルで湿して剝してやるべきだ、さもないと成長してから鼻づまりとか目に悪い影響が出る恐れがあると諭してくれ、家内もそれに従って努め、頭の暈は綺《き》麗《れい》に取れ、何の後遺症も出ませんでした。あれはあの子の一生を支配したかもしれぬ、年寄りの知恵による英断でした。

またある時、二番目の子が突然高熱を出して私たちが慌てて医者の手配をしている最中、孫の様子を見た母が「これはひょっとすると引きつけを起こすかもしれないから、その時の用心に舌を噛まぬように何か手帳のようなものを用意しておけ」と忠告してくれましたが、果たせるかな医者が来る前に彼は高熱のせいで痙攣を起こし、歯を喰いしばって舌を噛みそうになり、備えていた小さな手帳を口に差し込み危うく難を逃れたものでした。

あの時もつくづく年寄りの経験の貴さを痛感させられました。私も家内も畳みに手をついて感謝しましたが、母も満足げでした。母としても孫のために尽くした生き甲斐を味わっていたことでしょう。年寄りならではの知恵を発揮することは、老いてこその生き甲斐に他ならないと思います。

それを封じ兼ねないような家族構成は、現代の若いカップルたちの価値観や住宅事情も絡めてのことでしょうが、家族関係の中で親たちの老いての生き甲斐を疎外する社会は、人口減少の問題も踏まえて本気で反省し、立て直しについて覚悟してかからなければならぬはずです。


老いるということは経験の蓄積です。それはなまじな貯金なんぞよりも貴いともいえる。貯金は他人に簡単に分ける気にはなれないが、人生での経験は無差別無尽に他の人々に分かち役立てることが出来ます。そしてその献身は喜ばれるし、自分自身にとって生き甲斐にもなります。

世の中には高齢にありながら、その経験が世の役に立ち、人々を喜ばせたり感謝されたり、人を救いもする例に事欠きません。そしてそれはその当人にとっても生き甲斐であり、さらに元気をもたらし寿命を延ばしさえします。

例えば東京の有名な大病院の聖路加国際病院の院長を長く務めた日野原重明さんは百五歳まで現役でしたが、その間、地下鉄サリン事件という未曽有の突発事件への対処のパターンを確立してみせました。

彼は長寿にしての健康を保つためにいろいろ努力してみせました。例えば飛行場で飛行機から降りた後、出口まで歩く間、自分だけは動く歩道に乗らず荷物を手で引っぱって、歩道に乗っている他の人よりも速く歩くように努めたそうで、それを聞いて私もその真似《まね》をしたものです。

日野原重明（一九一一～二〇一七）●聖路加国際病院での臨床活動のかたわら、長寿化時代の予見に伴い予防医学、終末期医療の必要性を早くから唱えた。百歳を超えても現役の臨床医を続けた。生活習慣病の名付け親としても知られる。

老いるということは物事への感覚的判断の蓄積です。それは若い頃には体得できなかった味わいをもたらしてくれます。

この料理はまだひと味足りないと促し、何か足してやれば味わいが上がるのに、とかは老いた人間の味覚の蓄積がもたらす暗示で、それは食の文化の向上にとって大切なことです。

いつか有名な料理屋の『京味』で主人が高級な吟醸酒を持ちだして自慢するので、それを超熱燗《あつかん》でつけろと言ったら、

「そんなこと、せっかくの酒がもったいない」

と言うので、強引に私の言うとおりにさせたら、熱燗の高級吟醸酒から得も言われぬ匂いが立ち上り、香水を飲むような味わいになりました。

店の主人が額を叩いて「これは一本とられました」、感服されたものでしたが。

味覚に常識なんぞあるものではなし、それを壊し試みるのが世に言う腕の立つ板前職人ということでしょう。

老いてからも人生の円熟を見せて、若い頃よりも味わいの深い技を示した身近な人も大勢います。

幅広い演技力で私たちを楽しませてくれた森繁久彌さんは晩年には新しいジャンルのミュージカルで活躍し、『屋根の上のバイオリン弾き』ではロングランの記録を作ったし、同じ俳優の三國連太郎さんも連作映画の『釣りバカ日誌』では飄々《ひょうひょう》とした老社長のキャラクターを見事に演じていました。あれは齢をとらなければ表現できぬ、新しいキャラクターでした。

森繁久彌（一九一三〜二〇〇九）●昭和日本の代表的な俳優・演出家の一人。舞台俳優からNHKアナウンサーに転じ、映画俳優で大成。主演ミュージカル『屋根の上のバイオリン弾き』のテヴィエ役は晩年まで続いた。国民栄誉賞受賞者。

バタやんの愛称で人気者だった歌手の田端義夫さんは九十過ぎてもギターを抱えて歌い続けていました。彼の歌の、なんともいえぬ独特な味わいは齢を重ねないと醸し出されないものでした。

天才画家のピカソの、晩年になって突然シリーズとして発表された『エロチカ』も老いて初めて可能ともいえる、センセーショナルな問題作でした。

これも天才画家だった浮世絵の名人・葛飾北斎が物した、あの有名な逆巻く大波の彼方に富士山が聳《そび》えて見える『富嶽三十六景』シリーズ、フランスの画家たちに影響を与えた名作たちも、晩年の成熟がもたらしたものでした。

三國連太郎（一九二三〜二〇一三）●戦後日本の名優の一人。一九六五年『飢餓海峡』（内田吐夢監督）の主演以後、各映画賞の常連俳優に。晩年は『釣りバカ日誌』シリーズで人気となり、監督作品『親鸞・白い道』はカンヌ国際映画祭で審査員特別賞。

その他、老いての晩年に大きな仕事を成し遂げた人物は沢山います。

白人の絶対支配を撥ね除け、黒人の大統領として独立国家を作り出し、世界中の黒人たちに勇気を与えた南アフリカのネルソン・マンデラ、貧しい蛮地での医療に徹したシュバイツアー、医療の看護のシステムを定型化したナイチンゲール、みんな年老いてもなお彼等なりの強い信念を踏まえて、人々のための意志を遂げ通したものです。

特に鎖国による内的な成熟をもたらした二百六十年に及ぶ徳川時代を作り出した徳川家康は、晩年まで幕府を実質支配して日本国の近代化の素地を造成しましたが、

田端義夫（一九一九～二〇一三）●戦前戦後の歌謡界で七十年にわたり活躍した人気歌手。とくに一九六〇年代以降はエレキギターを抱えた歌唱スタイルが一世を風靡、「バタやん」の愛称でも親しまれた。日本歌手協会元名誉会長。

自分の健康保持のために腐心して、自ら薬草を砕いて混ぜ合わせ薬を調合し、長寿を保ちました。それは命への執着だけではなしに、新しい国作りという大望、生き甲斐のための努力でした。強い希望があれば強い生き甲斐が生まれ、さらに新しい人生が必ず開けるものだということを、これらの先人たちは教えてくれているのだと思います。

　彼等のような著名な社会的にある地位に在る者たちだけではなしに、ごく無名な市井の人間でも老いてなおの生き甲斐として他者のために尽くしている人も大勢います。彼等は老いてこそなお発奮し、新しい生き甲斐を持

パブロ・ピカソ（一八八一〜一九七三）●二〇世紀最大の芸術家の一人。ギネスブックに載るほどの「多作家」でありながら、作品はジャンルを問わず常にオークションの最高値を叩き出す。ファシズムへの抵抗を常に貫いた人としても知られる。

って活躍しています。

以前山中で行方不明になった幼い少年を独行して叫びながら捜し回り、河原にうずくまっていた少年を助けだした、あの赤い鉢巻き姿の尾畠春夫さんは、難事の折々に自ら進み出て働くボランティアの美徳を体現して見せている。ある意味で老いてからの生き甲斐を身をもって示してくれている貴い存在です。あれはまさに仏が説いた菩《ぼ》薩《さつ》行を体現して見せてくれています。

さらにもう一人、これは美徳の行いとは言い切れまいが、スポーツの国際試合の折々に金色のシルクハットを被り日の丸の扇子を振って応援する老人がいました。山田直稔さんです。あれは道楽といえば気のいい道楽かもしれないが、彼も楽しみ、周りも楽しませる人気の存在でした。

あれも彼ならではの老いてからの新しい生き甲斐だったに違いありません。

第八章　老いたる者の責任

世の中にはさまざまな別れがありますが、男と女がある限り、その出会いと結びつきは人生の公理です。

ハリウッドのオリジナルシナリオによる映画『カサブランカ』、主題曲の『アズタイムゴーズバイ』にもあるように、女は男を求め、男も女を求めなくてはならない。そして誰もそれを否定できはしないと。

その結び合いを壊してしまう要因はいろいろあるが、年齢の差、特に老いが妨げる恋の破綻は老い故に辛いし、痛ましいものです。

昔、ゲーリー・クーパーが主演した『秘めたる情事』は、娘のルームメイトと愛し合ってしまった実業家が二人で忍んで出向いたリゾートで、彼女の知り合いの学生がクーパーのことを彼女の父親と勘違いして起こる手違いに、クーパーが彼女のために責任を感じ身を引こうと迷った末に急死してしまうという物悲しいドラマでしたが、いずれにせよ老いは肉体の衰微に伴って愛する者との決別を迫ってきます。

それも人生の公理だろうが、それをどう受け止めるかが、その後の人生を規定してもきます。

私は最近、女がらみで自分の老いをつくづく感じさせられました。

所は京都の花街の先斗町《ぽんとちよう》で、ある人の招きでのお座敷

ゲーリー・クーパー（一九〇一～一九六一）●エキストラから出発し大出世した、古き良き時代のハリウッドを体現する俳優。当初は大根役者ともいわれたが、一九四一年『ヨーク軍曹』でアカデミー主演男優賞獲得。堂々たるスター俳優になった。

でのことです。主客の私と招き主の下正面に座った芸者を見て、思わず息を呑みました。今まであちこちの座敷でいろいろな芸者を見てきたが、あんなに居住まいの良い綺麗な相手は見たことがなかった。まさに固唾を呑みながら彼女に見入っていました。

そしてやがて宴会は終わったが、気づいてみたら私はついに彼女の名を質すことなく終わっていたのです。

そう気がついた時、私の体の中を何か薄ら寒い風がすうっと吹いて過ぎるのを感じていました。何でこの俺はあの素晴らしい女の名前も聞かずに終わってしまったのかと、自分を咎めるように思い返していました。

あれは私の老いがもたらした抑制、といおうか、あきらめからきた抑制でしょう。

あの出来事を思い出すと、昔よく聞いた田端義夫の十八番、落魄《らくはく》した剣の達人・平手《ひらて》造酒《みき》を歌った『大利根月夜』の文句を思い出す。「愚痴じゃなけれど　世が世であれば」と。

名前さえ聞けば、後で見番に聞いたら置き屋も分かるし、後は一人でどこかの座敷に上がり彼女を呼んで差しでデイトも出来たはずでした。がしかし、私は彼女の名前も聞かずに終わり、その余韻は未練というよりもっと索漠として、どこか砂漠に独り取り残されたような気分でした。つまり老いへの潜在的な自覚が私を引き止めたということでしょうか。

こう書きながら、私はあの出来事を自分がどう捉え、どう納得しているのかが分かりません。分かりたくもない。まだ未練はある。あるがそれをどう捉えても、自分がどうもしないのは分かっている。第一今さら一人で京都に出かけるのも億劫《おっくう》だ。これが老い朽ちる崖っぷちの心境なのだろうか。

しかしそう悟ってあきらめることは、自分にはとても許されない気もしてなりませんが。

性愛に関して男と女の立場は宿命的に異なっています。女は五十を過ぎると生理が止まり妊娠出産の能力を失いますが、男は八十過ぎて精液を保有していて相手を妊娠させる能力があります。とはいっても高齢になれば性的な欲望や関心は誰しも減退しますが、それでも異性への関心は保持されてはいます。それがなくなったら生きている張りもなくなることでしょう。

私の後輩で老人ホームを舞台にした小説で、ある文学賞をとった者がいましたが、彼に聞くと、どんなに高齢の老人たちでもその施設に今までいた人よりも魅力的な老人が新規に入ってくると、男も女もその異性の老人に殊更関心を示し、新来者は大もてするそうな。それは滑稽でも醜くもなく理の当然のことで、人間に二つの性が備えられている限り、人類の存続と繁栄のために当然かつ必要なことに違いない。いくら老いていても、老いた相手に関心を抱くことは恥ずかしいことでも醜いことでもありはしません。それは良い刺激にもなるし、ある種の生き甲斐にも繋がります。

宗教者で中世に活躍した頓智で有名な一休禅師は、老いても型破りな一生を貫いた人でした。

自分の誕生日の正月元旦に、杖の先に髑髏を載せて「正月は冥途の旅の一里塚めでたしや」と唱えて歩き回ったというほどの人で、平然と破戒して酒を飲み、遊《ゆう》廓《かく》に上がって女を抱いたりしてはばからぬ奇行の人物でしたが、晩年になっても性欲が盛んで、七十七の齢に森女という目の不自由な女と知り合い、死ぬまで同棲《どうせい》して過ごしたそうです。

詩集『狂雲集』には、彼女との性交や彼女の性器そのものを歌ったものまでがあり、死に際に弟子たちに「俺は死にたくない」と言ったそうで、これもまた彼独特の諧謔《かいぎゃく》だったのかもしれませんが。

八十八という長寿を全うした彼もまた、老いてこその生き甲斐を貫いた特異な人といえるでしょう。

老いてからの人生において、老いが阻むいくつかの問題があります。

その一つは性生活です。そんなもの今さらというかもしれないが、人によっては重大な事柄です。それをあきらめることが老いを味気なくする人もいるし、それに執着することで老いても生き甲斐を保つ人もいるでしょう。その点では俳人の小林一茶はまさに性豪といえる人でした。

その訳は彼の生い立ちにあるようで、幼い頃から家庭や家族に恵まれず、いろいろ苦労の末に故郷に戻り、五十二の齢にようやく二十八歳の年下の女性と結婚し、嬉しくもあり気恥ずかしさもあり、「五十婿　天窓を隠す　扇かな」などという句を作ってもいます。

いい年をしての新婚生活については、

「五十年一日安き日もなく。今年春妻を迎え我が身につもるる老いを忘れて凡夫のあさましさに初花に胡蝶《こちょう》の戯《たわむ》るるが如く、幸あらんと願うことの恥ずかしさ」

と期待と嬉しさを率直に記している。

そして結婚後の日記には、その日に新妻と行ったセックスの回数を三交とか、ある日によっては五交とまで記しているが、その精力の激しさには感嘆させられます。これは羨ましいなどを越して、老年における見事な充実の体現を示す老いてこその生き甲斐を象徴する事例といえるでしょう。

つまり何事も老いてもあきらめてはならぬということです。

女性でも私の身近に、老いてもなお素晴らしい生き甲斐に徹して九十二の高齢まで素晴らしい仕事を成し遂げた人がいます。

国連の難民対策の高等弁務官として世界を駆け回り、気の毒な立場に置かれている難民たちを手厚く保護し、世界中から尊敬され、難民たちから母親のように慕われ、口ばかりで顰蹙を買っている国連の信用を打ち立て続けた緒方貞子さんです。この人のお陰でどれほどの数の難民が救われたことか。国連の幹部の名前なんぞ誰も知らないし、知ろうとも思わないが、彼女だけは国連のスタッフの中で傑出した存在でした。

私は彼女との関わりで感動させられたことがあります。脳梗塞で倒れた後、発奮してもう一度テニスを始めようとして所属のローンテニスクラブで次男を相手にマシンを使ってトレイニングを始めていたら、それを見て緒方

緒方貞子（一九二七〜二〇一九）●国際基督教大学準教授から、国連日本政府代表部公使、国連総会日本代表、国連人権委員会日本政府代表等を歴任。一九九一年には第八代国連難民高等弁務官に就任（〜二〇〇〇年）し、難民救済の新しい枠組みを示した。

さんが励ましで、いつでも相手をしてあげるからと申し出てくれたものでした。

以前は活発にプレイしていた私が見るからに病み上がりの痛々しい姿で動いているのを眺めて、気の毒に思った末のありがたい申し出でした。彼女からすると私もテニス難民に見えたのでしょうが、彼女ならではの思いやりには感動させられました。ともかく彼女は難民救済の世界一の専門家として九十二の高齢まで活躍したのです。

日本における細菌学の先駆者・北里柴三郎はドイツに留学中、破傷風菌の純粋培養に成功したりしてその存在が注目され、多くの有名大学から招聘《しょうへい》されたが、それを

北里柴三郎（一八五三～一九三一）●破傷風菌純培養法・破傷風菌抗毒素の発見等、感染症における前人未到の発見を行い、結核予防など公衆衛生学の世界にも、多大な功績・足跡を遺した。北里大学の創立者としても知られる。

断り日本の伝染病予防に貢献しようと帰国した。

しかし当時の日本にはその見識を受け入れる組織も施設もなく、福沢諭吉の協力で伝染病研究所を設立し、ペスト菌を発見をして目覚ましい成果をあげたが、後に行政整理のあおりを喰って研究所の所長の席を追われてしまった。

ところが彼を慕って所員全員が辞めてしまい、それに感動した彼は、既に高齢ながら高額な資金を自ら調達して北里研究所を設立し、狂犬病やチフス、天然痘やコレラなどの予防の研究を進め、各伝染病の血清やワクチンの製造と販売を始め、日本の伝染病対策に多大な貢献をした。この研究所は現在の北里大学病院へと飛躍的に発展し、多くの人々の命を救うことになった。

そして後に彼は請われて慶應義塾大学の医学科の創設に協力し、医学部長に就任し、私の弟も奇跡的に命を救われた、あの立派な慶應義塾大学病院を作り出したものだった。

後に、長男が芸者と無理心中を図るというスキャンダルが起こり、その責任をとって部長を辞めると言い出した彼を慕う学生たちが大挙して押しかけ、泣いて翻意を迫り、人情家の彼はついに辞任をあきらめたという。

彼もまた晩節を、人間愛という生き甲斐に燃えて過ごした素晴らしい老人でした。


日本に仏教をもたらした鑑真和上は、日本に仏教の教えを伝えるために海を渡る計画を試み、支那海を渡りきれずに五度も失敗し、六度目の挑戦でようやく成功したが、足かけ十年に及ぶ苦労のために失明してしまった。

それでも西暦七五三年に東大寺を完成させ、以来土俗

鑑真（六八八～七六三）●中国・唐の僧で日本律宗の祖。七四二年以後、日本の僧栄叡等の要請で日本渡航を企てるも五回失敗。その過程で失明しながら六度目で成功。日本の仏教に大きな足跡を印した後、唐招提寺で没した。

的な神道に勝る体系的な哲学を備えた仏教の普遍に尽くし、多くの弟子たちを育てました。

その努力は死ぬまで続き、生前自分は死ぬ時は西に在る故郷の支那に向かって座ったまま死にたいと言っていたとおり、今では国宝になっている鑑真和上坐像のように座したまま亡くなったそうです。

仏の説かれた貴い教えを他国にまで伝えたいという使命感に駆られた一生は、盲目になりながらも死ぬまで続き、伝道者として崇高な生き甲斐を発露させたものでした。

弱小国の日本が当時世界最強の大国ロシアと戦って勝った日露戦争の立て役者は何人もいますが、その一人、秋山好古は押し寄せるバルチック艦隊を一方的に打ち破った日本海海戦で、敵の面前でその行く手を塞ぐ危険な一手を編み出した弟の天才参謀の秋山真之に並んで、陸上の戦いで敵将クロパトキンの率いる大軍を奉天の決戦で打ち破った原動力の、優秀な日本の騎兵を育てた大功労者でした。彼は世界に先んじて騎兵隊に大砲や機関銃を装備させ、強力な集団に育て上げ、ある時はわずか八千人の軍勢で奇策を講じ、何と八万の敵と互角に戦ってみせ、その名を轟《とどろ》かせました。

戦後、陸軍中将をはじめ近衛師団長にまでなり、やがては朝鮮駐在軍司令官ともなり、最高位の陸軍大将にまでなり、最後は陸軍教育総監になって定年退官しましたが、何とその後、故郷の松山の私立中学の校長に就任したものでした。

秋山好古（一八五九〜一九三〇）●日本陸軍騎兵部隊の創始者。日露戦争では世界最強コサック騎兵隊を撃破。一九一六年に陸軍大将。退職後は故郷・松山の中学校長を務め、人材育成に尽力した。弟は日露戦争時の連合艦隊先任参謀・秋山真之。

不良少年の多いその北予中学は彼のお陰で蘇り、生徒たちは厳格だが芯の優しい校長を慕って日露戦争の実話をせがんで聞いたりして、札つきの学校は一新されたそうな。

校長を務めていた六年の間、無遅刻無欠勤で、彼が通勤する沿道の人々は彼の姿を見て時計の針を直したそうです。

かつてエノケンの名で絶大な人気を誇っていた喜劇王の榎本健一は後年、突発性脱疽《だっそ》に襲われ右足の爪先を切断して凌いだが、後に喜劇の衰退を懸念した柳家金語楼と一緒に日本喜劇人協会を設立し、自ら会長となって日

榎本健一（一九〇四〜一九七〇）●浅草を拠点に戦前戦後に活躍した「日本の喜劇王」。愛称はエノケン。浅草オペラでデビュー後、軽演劇や、映画、ミュージカル等にも幅広く活躍。病気で右足を切断した後も舞台に立ち続けた。

本喜劇人祭りを主催し大成功させた後、悲劇に襲われたものだった。最愛の息子が宝塚で公演の最中に急死してしまい、悲しみを堪《こら》えて客を笑わせようとして演じる彼の芝居に、彼の息子の急死について知っているファンが一向に笑ってくれず、彼の回想では一生で一番辛い舞台を務めたそうな。

その後に長年連れ添った妻との間に亀裂が生じ、妻から離婚を申し立てられ、還暦を過ぎてから離婚が成立してしまい、そしてまた脱疽が再発悪化し、大腿部《だいたいぶ》から切断されてしまった。退院して家に戻ってもわびしさに耐え切れず、電気コードで首吊り自殺を試みたが、片足なのでバランスを失い転倒し、物音を聞いて家の者が駆けつけ、自殺は未遂に終わってしまった。

エノケンの最後の芝居は帝国劇場での『最後の伝令』の演出だったが、主役の男が瀕死《ひんし》の重傷を負って倒れるシーンで、車椅子から立ち上がった彼は自ら九十度の角度に倒れて見せたが、義足のために立ち上がることが出来ず、倒れたまま涙を浮

かべ、

「ここまでやらなきゃ駄目なんだぞ」

と叫び、

「喜劇なんてやろうと思うなよ」

と言い渡したそうな。


喜劇王の晩年は不幸続きのものだったが、最後まで役者の意識を捨てることのなかった生き様は、役者としての生き甲斐を守り通した見事なものだったと思います。

老いてからの人生は肉体的にも精神的にも波乱に満ちたものかもしれないが、こうした先人たちの生き様は私たちに勇気を与えてくれるものとつくづく思います。お互いに、それなりの老いてこその生き甲斐を見つけて人生を全うしたいものです。

今時の若者たちは、自分の属している日本というこの国の、人間の歴史の中での深い意味合いを、どれほど知っていることだろうか。大まかにいえば暗黒の時代の中世の後、世界の歴史の原理は、白人による有色人種への一方的支配でした。その中で、この日本だけがそれを排して、色の白くない民族としての近代国家をつくったのです。白人たちはそれを決して好まず、あらゆる手立てを講じて日本をつぶしにかかったのです。

その証拠に敗戦の後、日本を長らく統治し日本を骨抜きにしたマッカーサーは、アメリカの議会での証言で「日本が始めたあの戦争はやはり自衛のためだった」と述べてもいます。そして国力の差からして、日本は敗れるべくして敗れ、彼等の支配によって骨抜きにされました。

制空権を失った日本の東京をB29が二千メートルの低空飛行で焼夷弾《しょういだん》を撒《ま》き散らし、ひと晩で十万人の市民を焼き殺した暴挙を、私はあの夜、逗子の家の二階から眺めていました。夜空を大きく染めて燃え上がる東京の惨事は無残だが、美しくもありました。

そして進駐してきたアメリカ兵たちによるさまざまな屈辱も忘れる訳にはいきません。その体験をした日本人たちは今では高齢化してしまい、私たちよりも若い世代の意識からは程遠い事柄でしかありません。

私はこの今になって殊更反米を唱えるつもりはないが、広島・長崎の無残な体験を踏まえて、あのような体験を通じ感じとり体の中にしまった国家や民族への愛着、まさに全員死ぬ覚悟で闘ったあの戦争体験を改めて踏まえ、この国の、この民族の将来のために人生の先達として若い人たちに伝え、そのために老いた自分なりに何が出来るかを考え伝えるべきでしょう。

それは秋山好古のように高い地位におらずとも身の周りに向かって少しずつでも努めることで未来に繋がり、この国を支えるよすがにもなるはずです。

今の若者たちがあまり己の属している国家なり民族について意識しようとしない

風潮を危ぶむなら、せめて自分の子供や孫たちに戦争の緊張や敗戦による非人間的な屈辱を語り、残しておくべきだと思いますが。

それはあの緊張の時代を生きてきた私たち老いたる者の大切な義務といえるかもしれません。

世界がいかに狭くなろうと民族の個性や伝統は消滅するものではありません。日本人が今でもこの独特の感性を保持し、それが醸し出す独特な文化を保持するために私たち老いたる者が、その確かな伝承のために若者たちへの説教を惜しんではなりません。

よく年甲斐もなくなどといいますが、若者に比べて人生の経験を積んできた高齢者は、若者たちよりも人生の深い経験があり、それを踏まえての警告や忠言は時には煩《うる》さがられたりしても、ならばそれを忌避したがる彼等に事の解決のどんな妙案があるというのでしょうか。

昔よく言われた長屋の口うるさい御隠居こそが良き伝統の伝達者だったことを思い出し、そう努めるべきなのです。それは老いてなおの人間としての存在感を示し、老いてこその生き甲斐を醸し出してくれるはずです。今日の驚くほど無知なインターネット世代にとって、小言は実は何よりも貴重な存在なのです。

かなり以前、引退して政界の元老となっていた吉田茂から、彼の愛弟子《まなでし》の池田勇人と佐藤栄作への手紙が発見、公開されました。その中に「これらの案件について賀屋興宣翁などに相談されれば宜《よろ》しかろうと思い候」とあったのが印象的でした。

賀屋さんはその無類の財政力を発揮し戦争を支えた人物で、戦犯にもされ、その経歴からしても吉田にとっては煙たい存在だったに違いないが、国家のためにはその才覚を活用することを躊躇《ためら》うべきではないというのが吉田の見識でした。

賀屋さんに私淑していた私にとっては嬉しい挿話でした。いくら齢をとってはいても、その人の人生を通じての功績が育んだ見識と知恵は、年齢には関わりなしに、やはり亀の甲よりも年の功ということです。

老いるまでに培った経験と見識を積極的に活用することこそが、実は世の中に新しい活力をもたらし、世の中を実は若返らせるという原理を、誰もが信じて若者たちに大いに口出しし、煙たがられることが社会の将来のために必要なことなのです。

世の中には思いもかけずに若死にしてしまう者が多いが、彼等に比べて高齢を極め生き続けてきた私たちは、何かの大きな意志によって選ばれ、祝福された存在であって、その恩に報い応えるためにも老いたる者たちはたとえささやかでも、老いてはいても常に新しい生き甲斐を見出《みいだ》し、与えられた天寿を全うすることこそが人生の見事な完成になり得るはずです。

若死には気の毒な天命というよりないが、同じ世に生まれてきて老いるまで長い人生を歩んできた老いたる者たちこそ、後からこの世にやってくる者たちのためにも常に新しい生き甲斐を見出し、人生を見事に全うしなくてはなりません。

それは老いたる者のこの世に対する責任でもあります。

本書は書き下ろしです。

【写真提供】
共同通信社（P15、P26、P48、P64、P65、P71、P73、P78、P92、P123、P125、P163、P175、P177、P178、P179、P180、P195、P198）
Ronald Grant Archive/Mary Evans ／共同通信イメージズ（P47）
ロイター＝共同（P192）
国立国会図書館所蔵画像／共同通信イメージズ（P193、P197）
アフロ（P14、P185）
AP/ アフロ（P17）

ブックデザイン　幻冬舎デザイン室
装画　©2018. Photo Scala, Florence - courtesy of the Ministero Beni e Att. Culturali/amanaimages

JASRAC　出 2002077-004

〈著者紹介〉
石原慎太郎　1932年神戸市生まれ。一橋大学卒。55年、大学在学中に執筆した「太陽の季節」で第1回文學界新人賞を、翌年芥川賞を受賞。ミリオンセラーとなった『弟』や2016年の年間ベストセラー総合第1位に輝いた『天才』、『法華経を生きる』『老いてこそ人生』『子供あっての親——息子たちと私——』『男の粋な生き方』『凶獣』『救急病院』など著書多数。

老いてこそ生き甲斐
2020年3月25日　第1刷発行
2020年6月15日　第4刷発行

GENTOSHA

著　者　石原慎太郎
発行人　見城 徹
編集人　森下康樹
編集者　森下康樹

発行所　株式会社 幻冬舎
〒151-0051 東京都渋谷区千駄ヶ谷4-9-7

電話：03(5411)6211(編集)
03(5411)6222(営業)
振替：00120-8-767643
印刷・製本所：中央精版印刷株式会社

検印廃止

ISBN978-4-344-03589-8　C0095
幻冬舎ホームページアドレス　https://www.gentosha.co.jp/

この本に関するご意見・ご感想をメールでお寄せいただく場合は、comment@gentosha.co.jpまで。